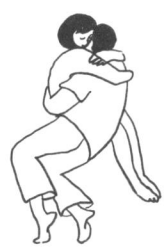

사랑하는 _____ 에게

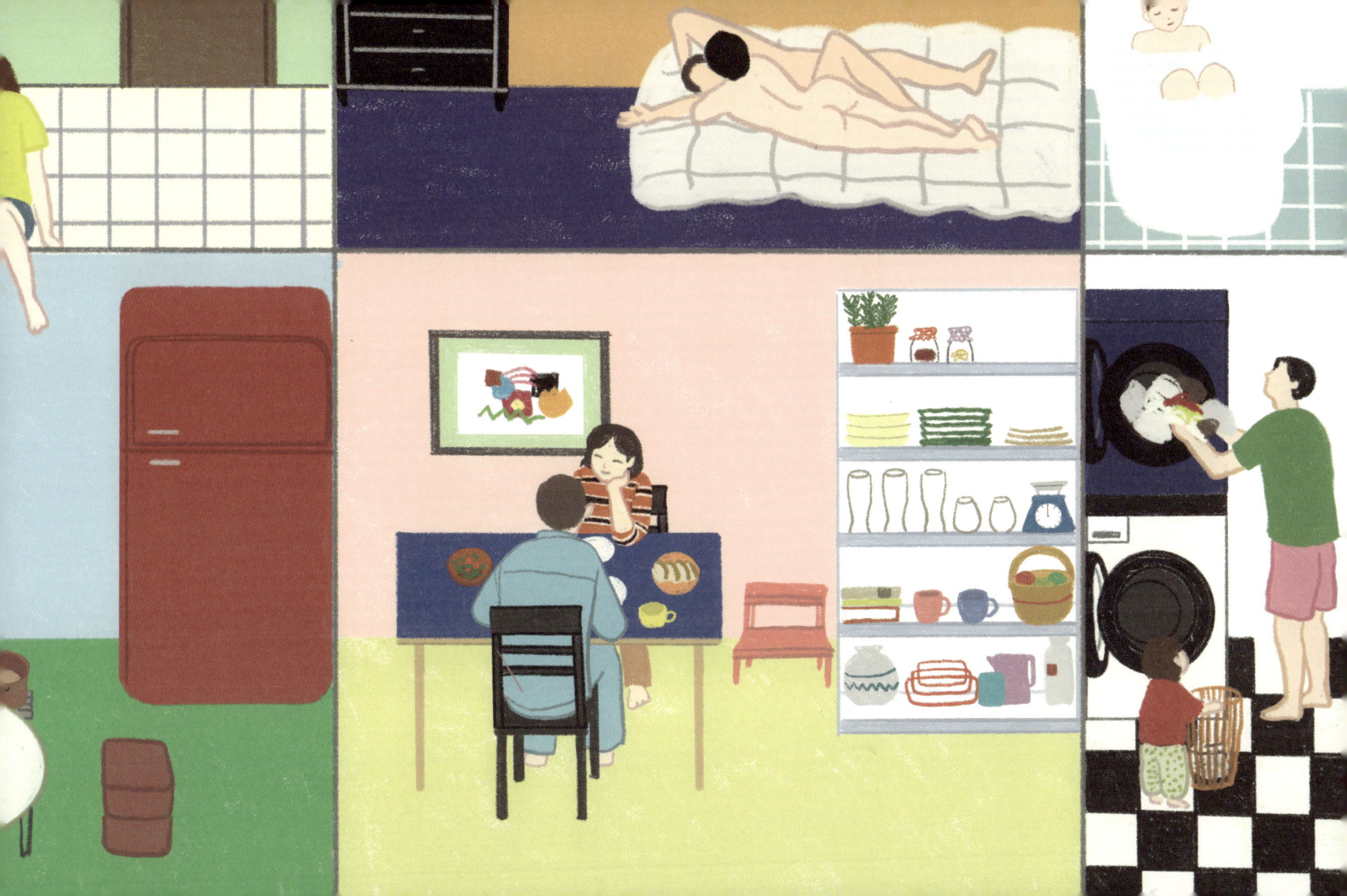

민조킹 글·그림

사랑은
당신이
에요

위즈덤하우스

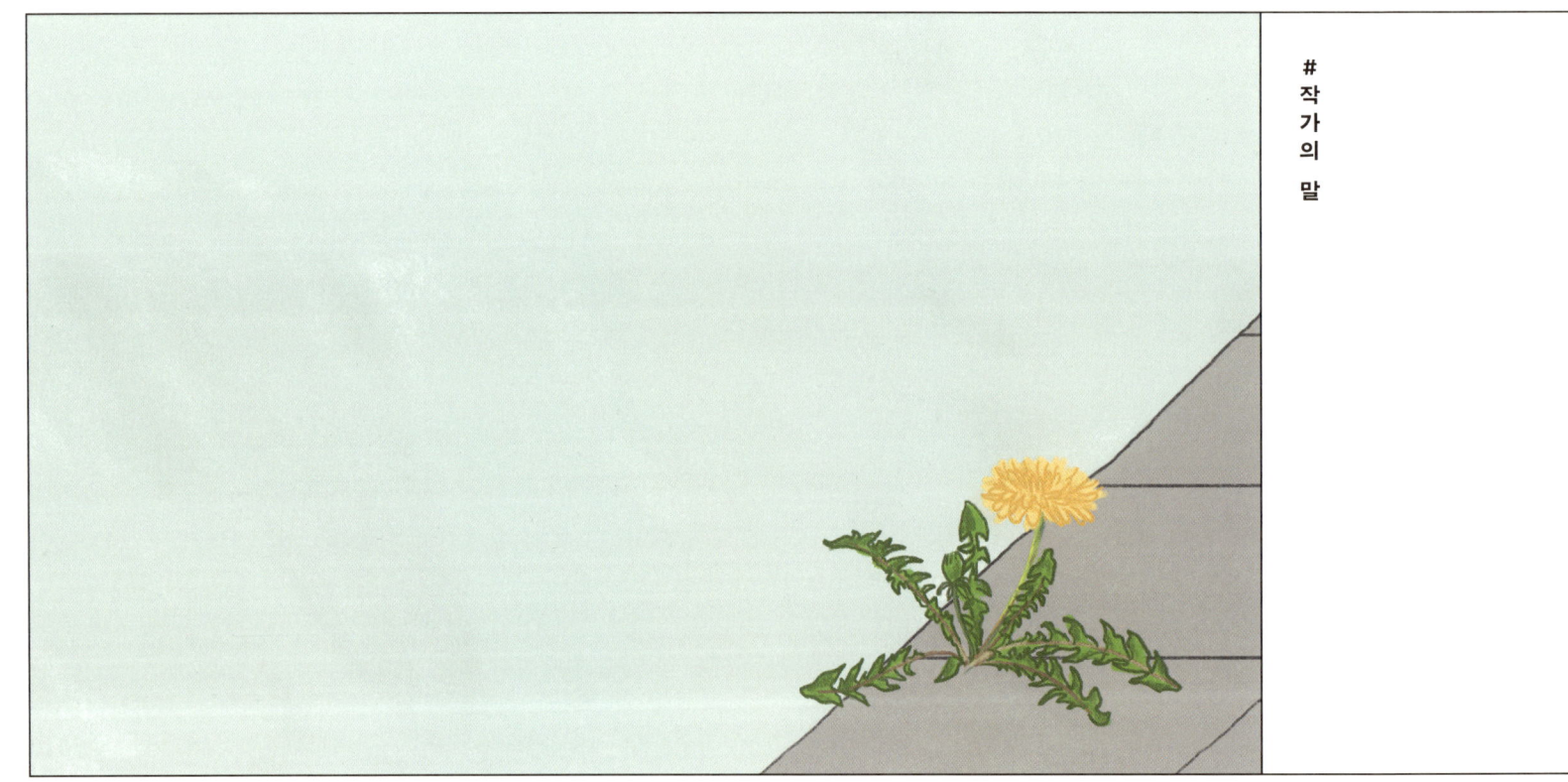

첫 책《모두의 연애》를 내고, 꼬박 10년 만에 다시 '사랑'이라는 주제로 책을 쓰게 되었다는 사실에 적잖이 놀랐습니다. 시간이 벌써 그렇게 흘렀다는 것도, 사랑이 여전히 제게 소중한 가치라는 것도 새삼 깨달았어요.

물론 그때와 지금이 같다고는 할 수 없겠지요. 여전히 사랑하는 사람과 함께 있지만, 그 형태에는 크고 작은 변화가 생겼습니다. 그때의 남자친구는 이제 남편이 되었고, 우리 곁에는 아이도 생겼습니다. 예전처럼 사랑에 대해 깊이 사색할 시간은 많지 않지만, 사랑의 스펙트럼은 전보다 훨씬 넓어졌습니다.

《사랑은 당신이에요》는 제가 그동안 관찰하고 기록해온 사랑의 순간들을 모은 첫 그림책입니다. 소박하지만 분명한 사랑의 순간들을 오래 붙잡아두고 싶은 마음에 가상의 아파트를 배경으로 그림을 그리기 시작했어요. 매일 밤 낯선 이들의 아파트에 찾아가, 방에 가구와 색을 채워 넣으며 그들의 하루하루가 어떤 모습일지 상상했습니다. 그리고 그 과정을 통해 제 안의 사랑을 다시 바라보게 되었습니다.

한때 사랑 같은 건 없다고 부정했지만, 시간이 지나 다시 사랑을 믿어보기로 마음 먹었던 날들이 스치듯 떠오릅니다. 어쩌면 그때 낸 용기 덕분에, 지금껏 사랑에 대한 이야기를 그리고 있는지도 모르겠습니다. 저는 늘 대단한 서사보다 보통의 일상 속에서 조용히 피어나는 사랑의 모습을 담고 싶었습니다. 서로를 향한 눈빛, 스치는 손끝, 말하지 않아도 전해지는 마음의 온도 같은 비언어적 순간들 속에 사랑의 본질이 숨어 있다고 믿으니까요.

아이가 잠들기 전 조용히 얼굴을 쓰다듬어주는 순간.
남편이 피곤한 몸을 이끌고 집에 들어와 차려놓은 따뜻한 반찬.
아주 평범한 순간들이지만, 이런 장면들 덕분에 사랑이란 거창할 필요가 없음을 깨달았습니다. 말하지 않아도, 서로를 지켜주고 함께한다는 믿음만으로 충분했어요.

이 책을 통해 막연히 사랑을 꿈꾸는 분들께는 조금 더 선명한 사랑의 모습을 보여주고, 이미 사랑으로 살아가는 분들께는 다정한 안부를 전하고 싶었습니다. 작은 디테일이지만, 읽는 즐거움과 발견하는 기쁨을 드리기 위해 몇 쌍의 커플 이야기도 담아보았습니다. 책장을 넘기며 그림 속 방 안의 색감과 구도, 인물의 시선과 작은 움직임을 따라가다 보면, 그들의 모습이 조금씩 달라지는 순간을 발견하실 수 있을 거예요.

책을 덮고 나면 스치듯 지나쳤던 사랑의 장면들이 문득 떠오를지도 모르겠습니다. 누군가 아주 조용히 "사랑은 여전히 당신 안에 있어요"라고 말해주듯이.

2025년 겨울
민조킹

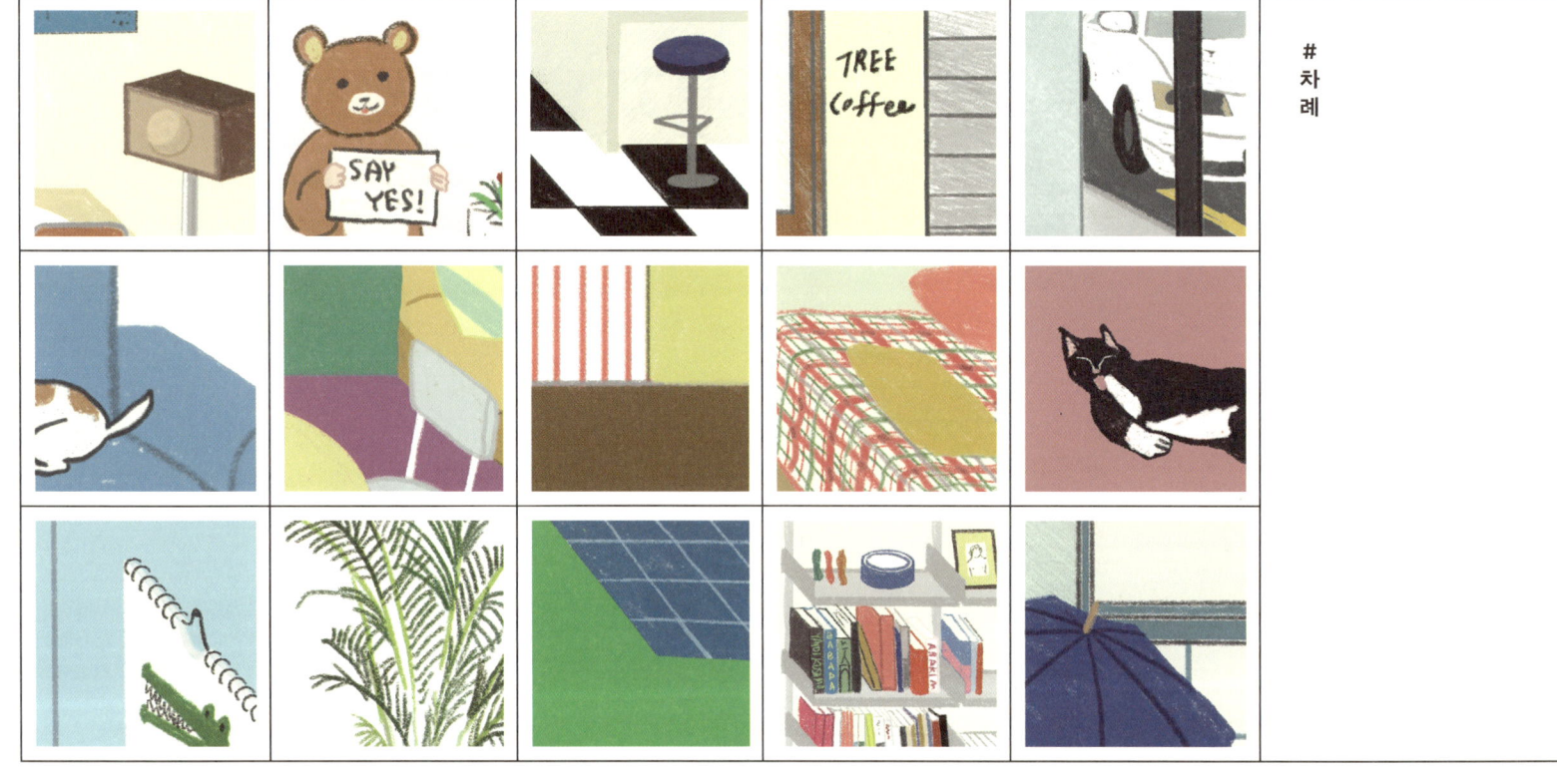

타

이

밍

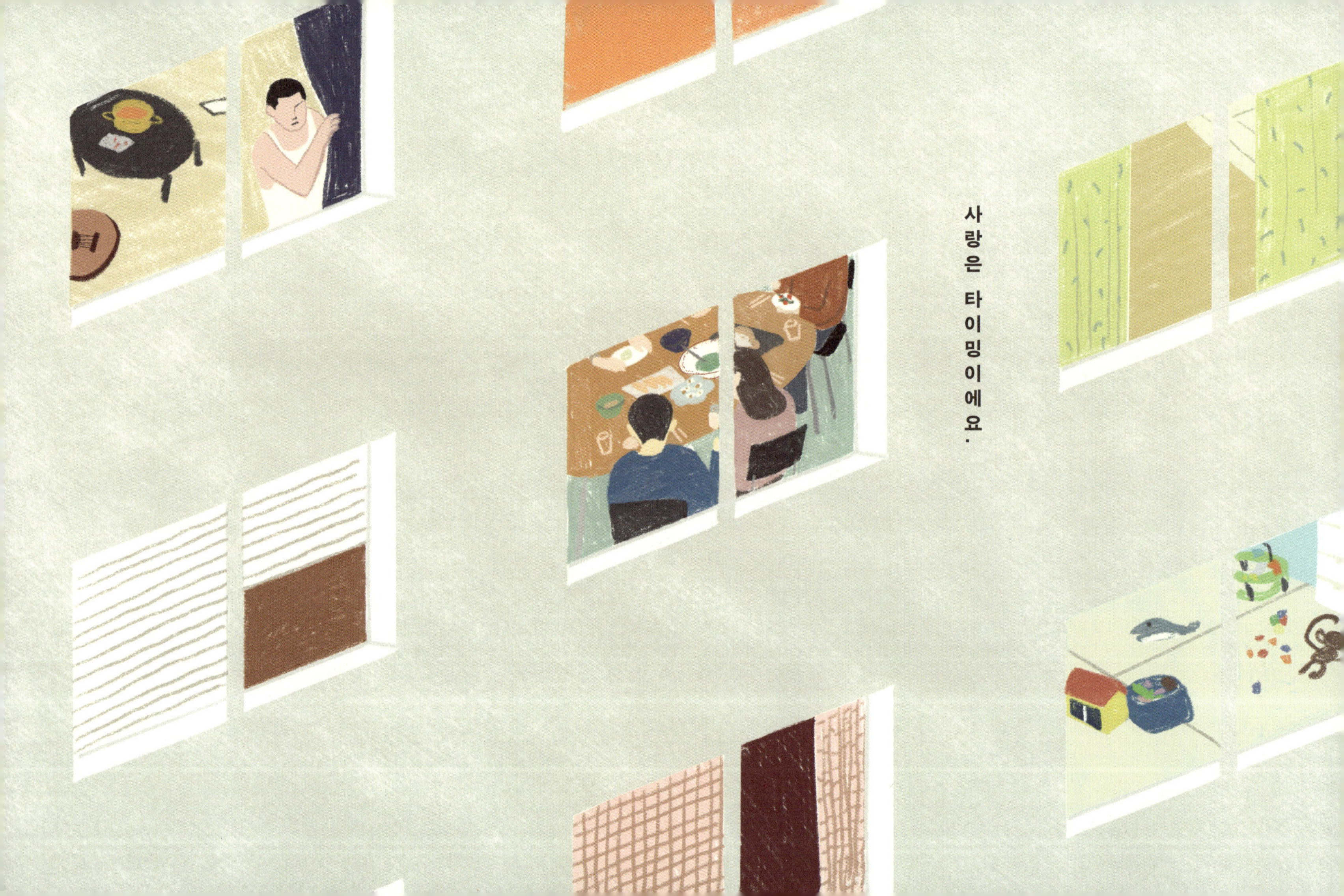

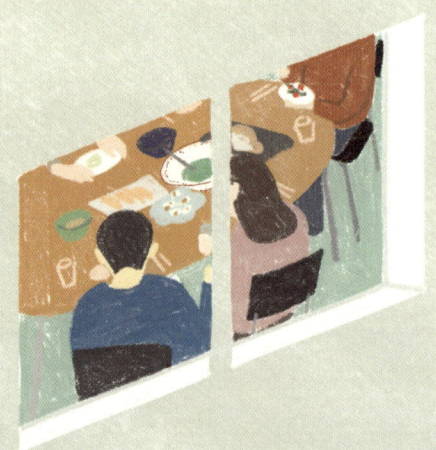
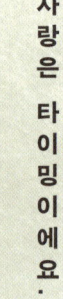
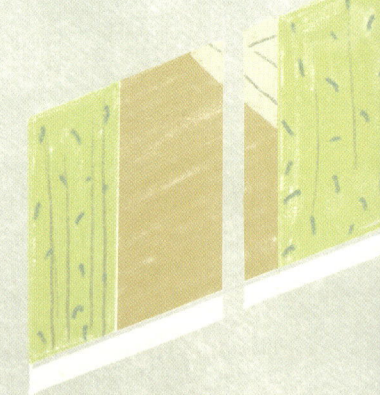
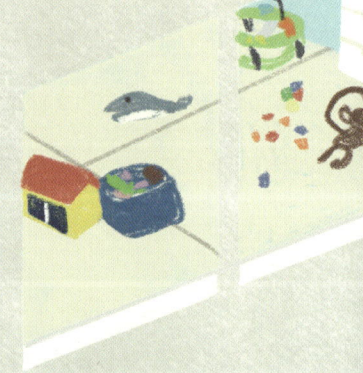

사랑은 타이밍이에요.

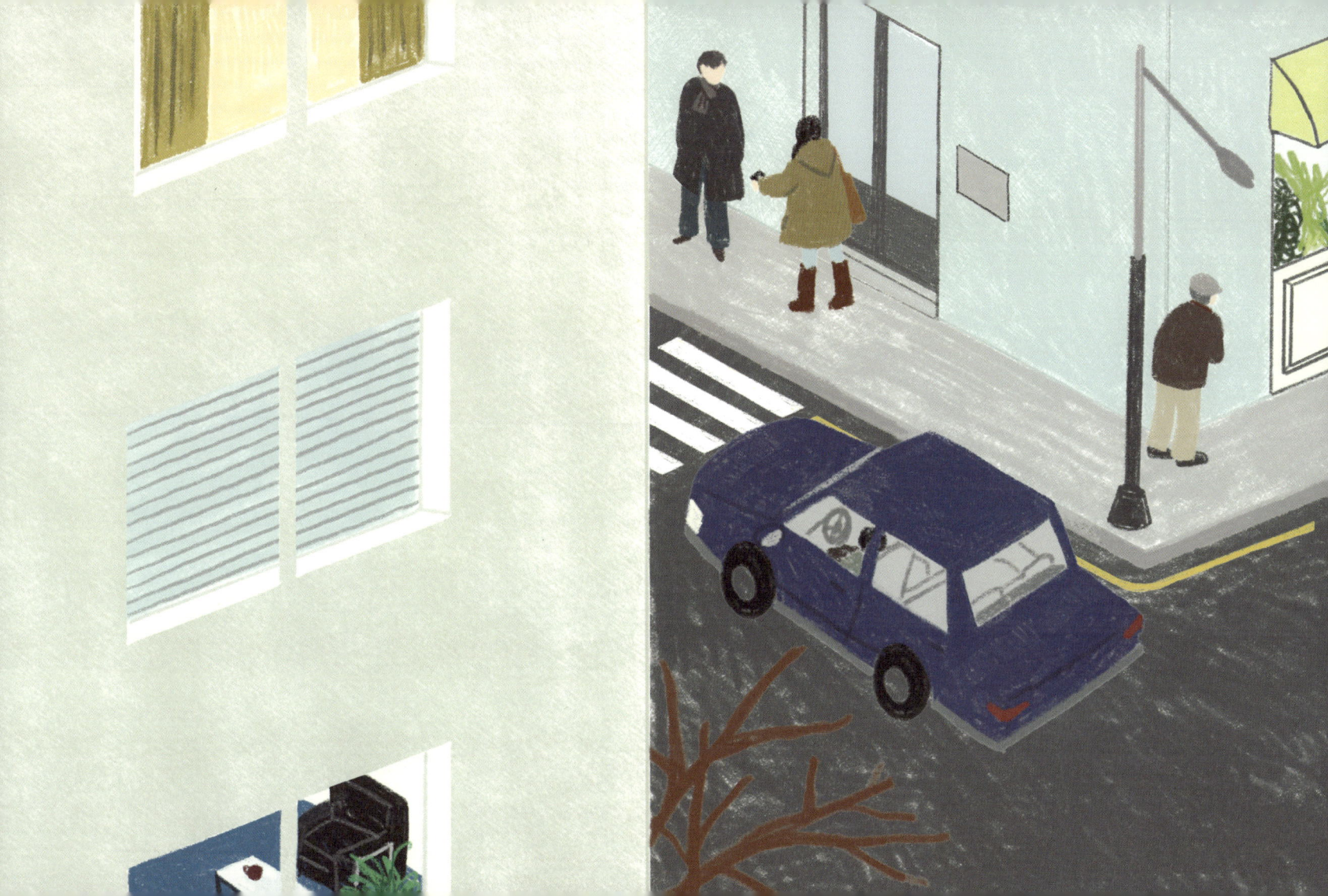

어떤 사랑은 너무 일찍 오고

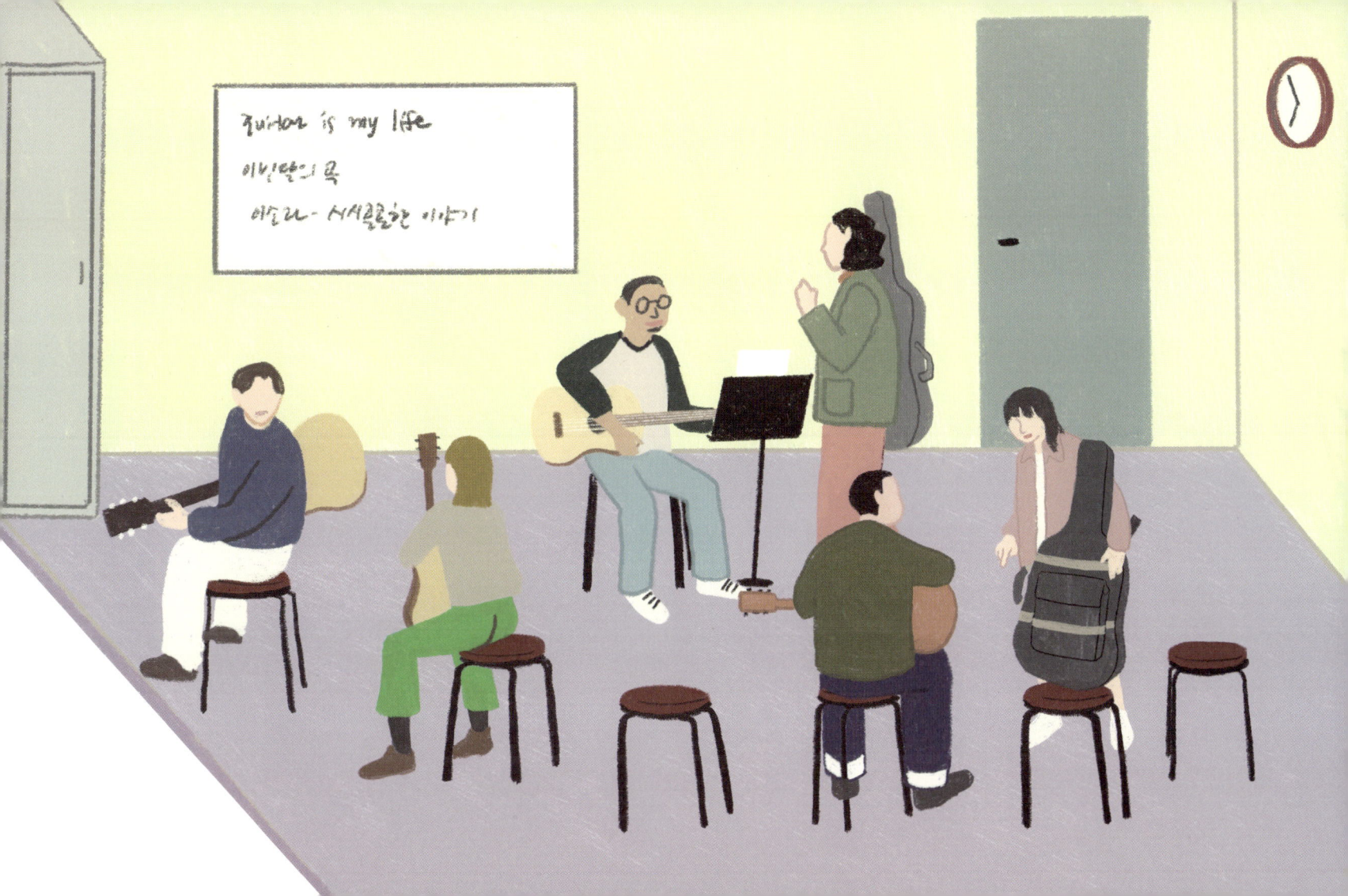

또 어떤 사랑은 너무 늦게 와서

시작도 전에 끝나버리죠.

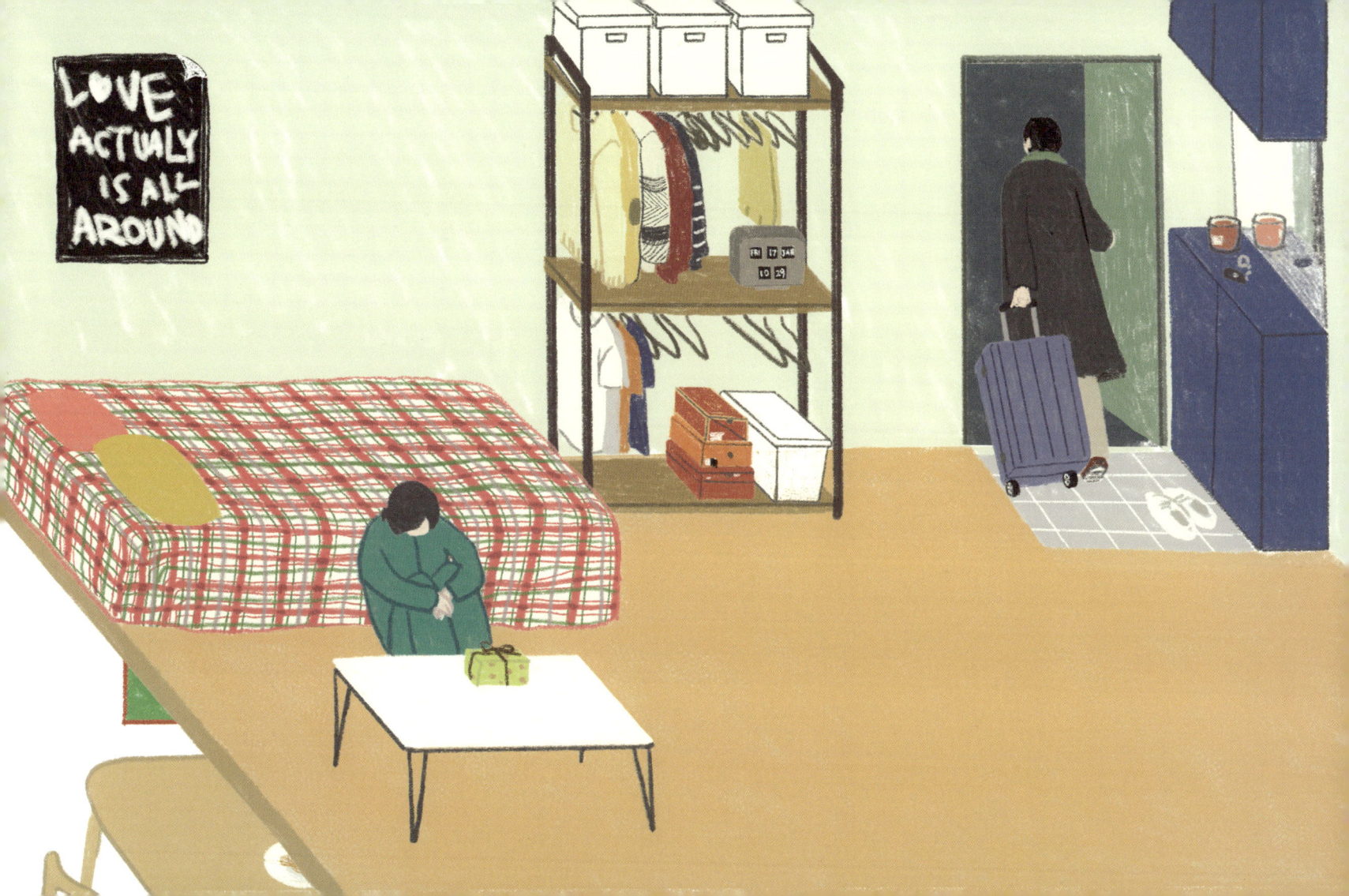

우리가 이루어진 것은 때마침 그 시간,

그 장소에 있었기 때문일까요?

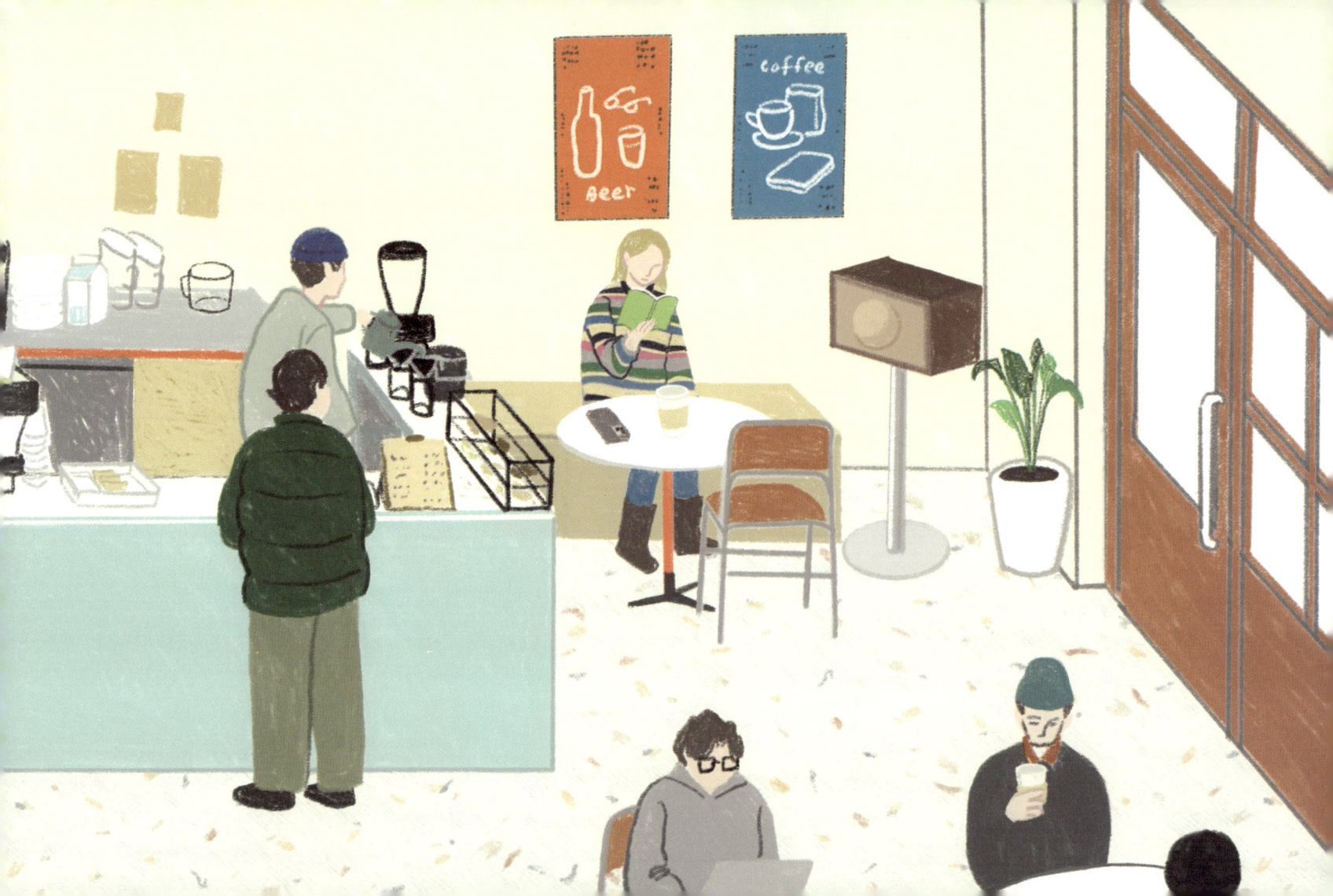

당신과 눈을 마주쳤을 때,

마음속에 어떤 불씨가 피어올랐죠.

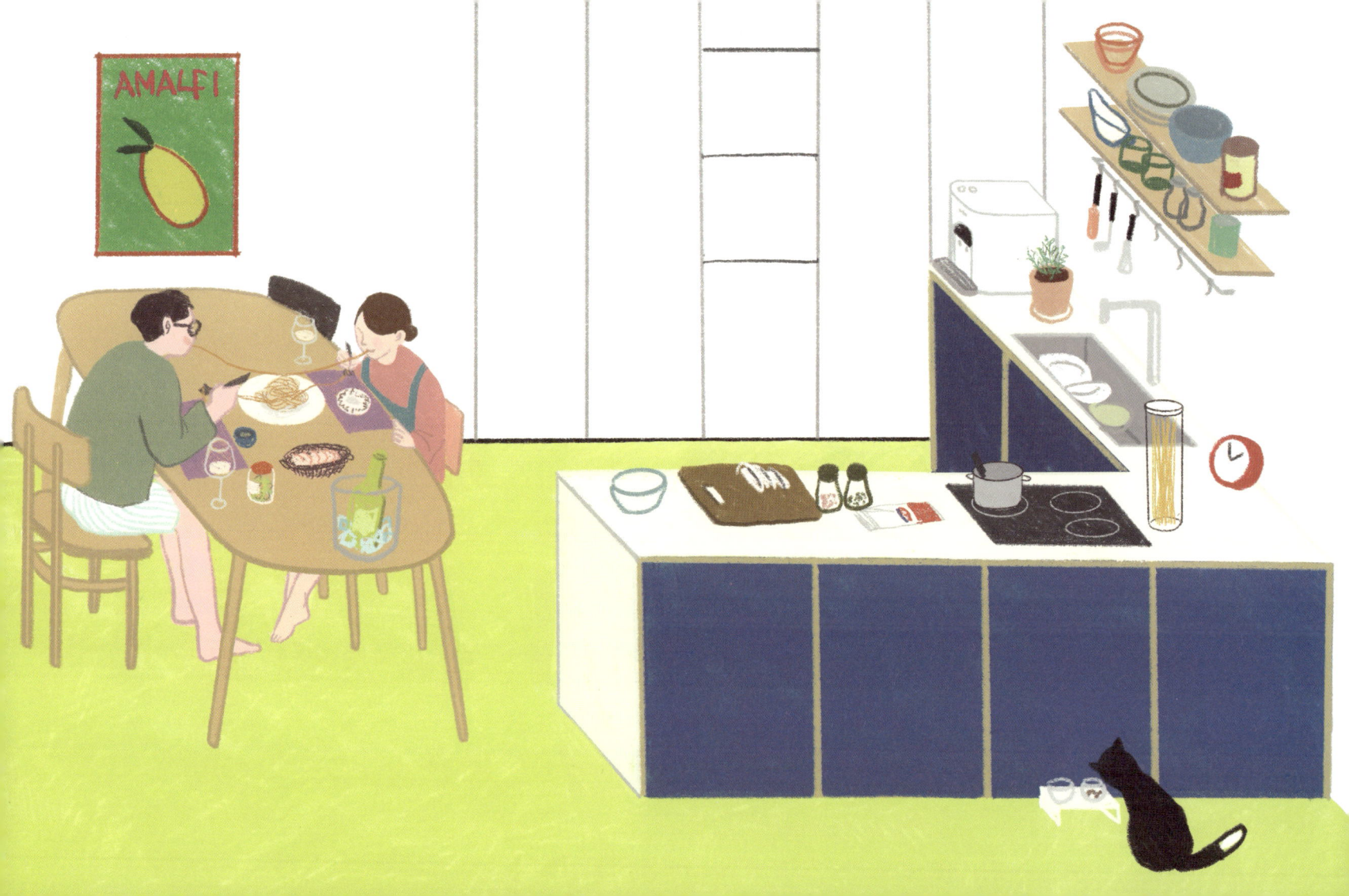

어쩌면 모든 사랑은 운명적인지도 몰라요.

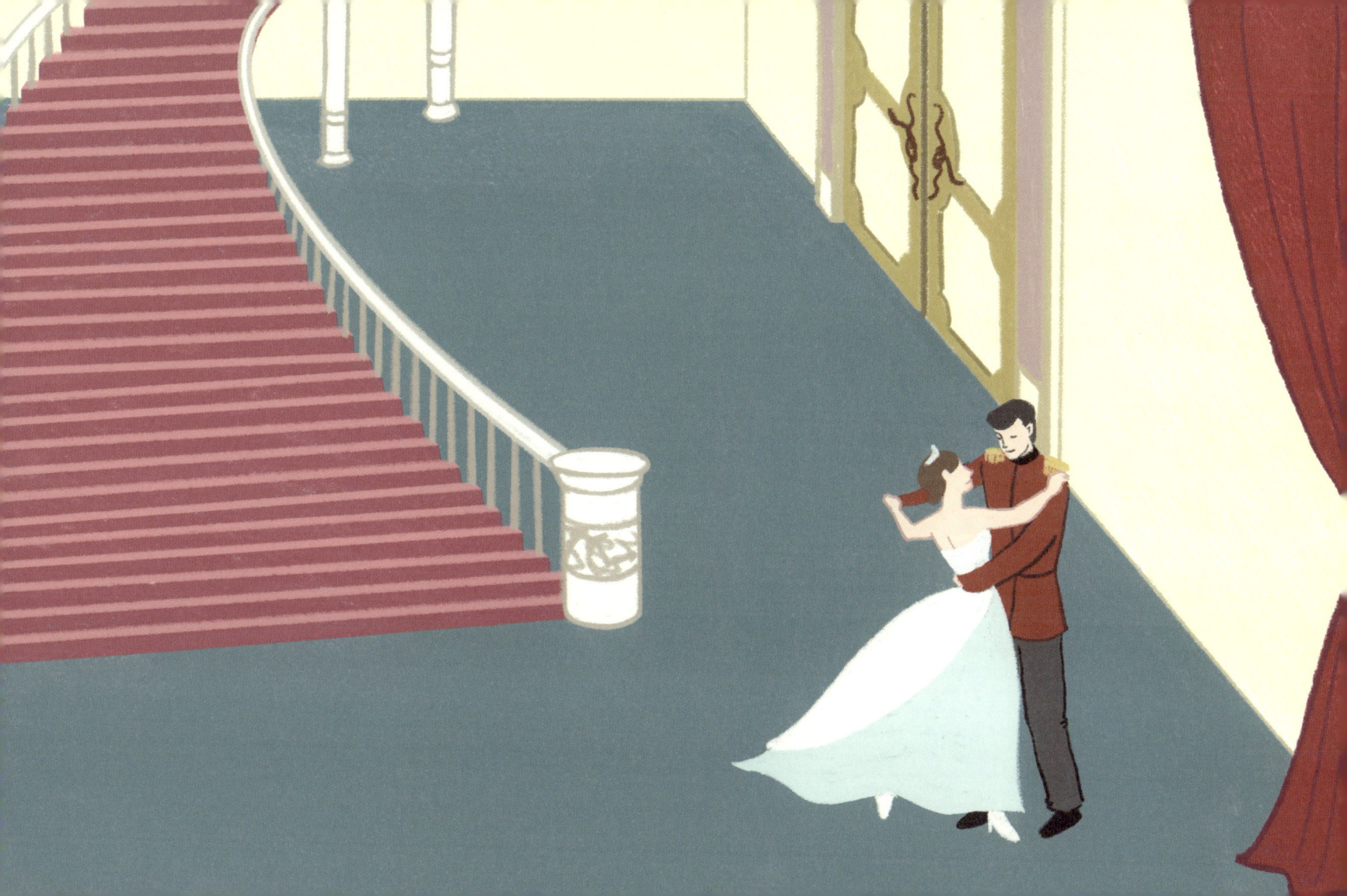

우리의 이야기는 세상 그 어디에도 없는

단 하나의 사랑이니까요.

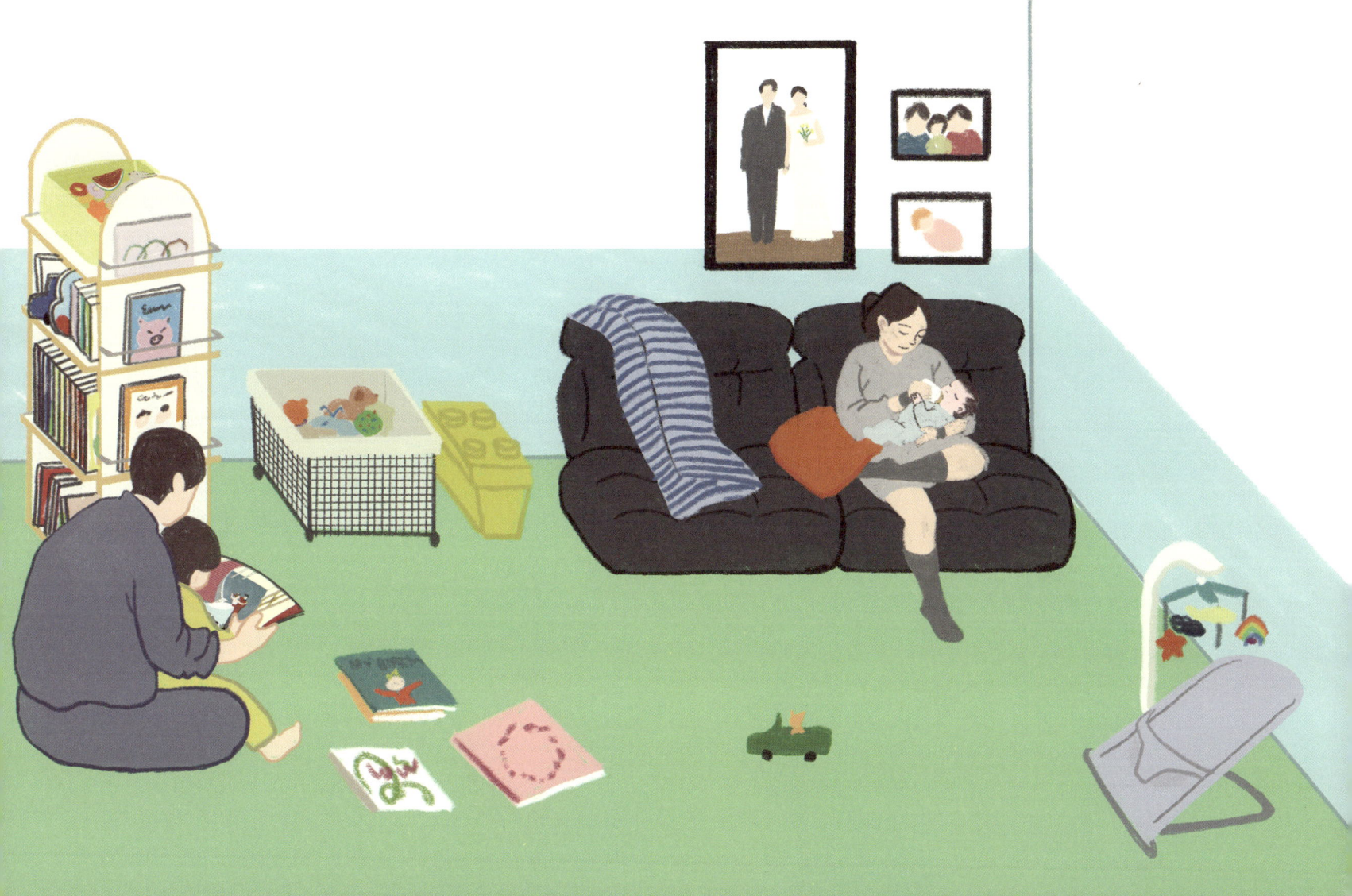

#2

Love | has | power

어떨 때는 우리를 이성적으로 마비시키고

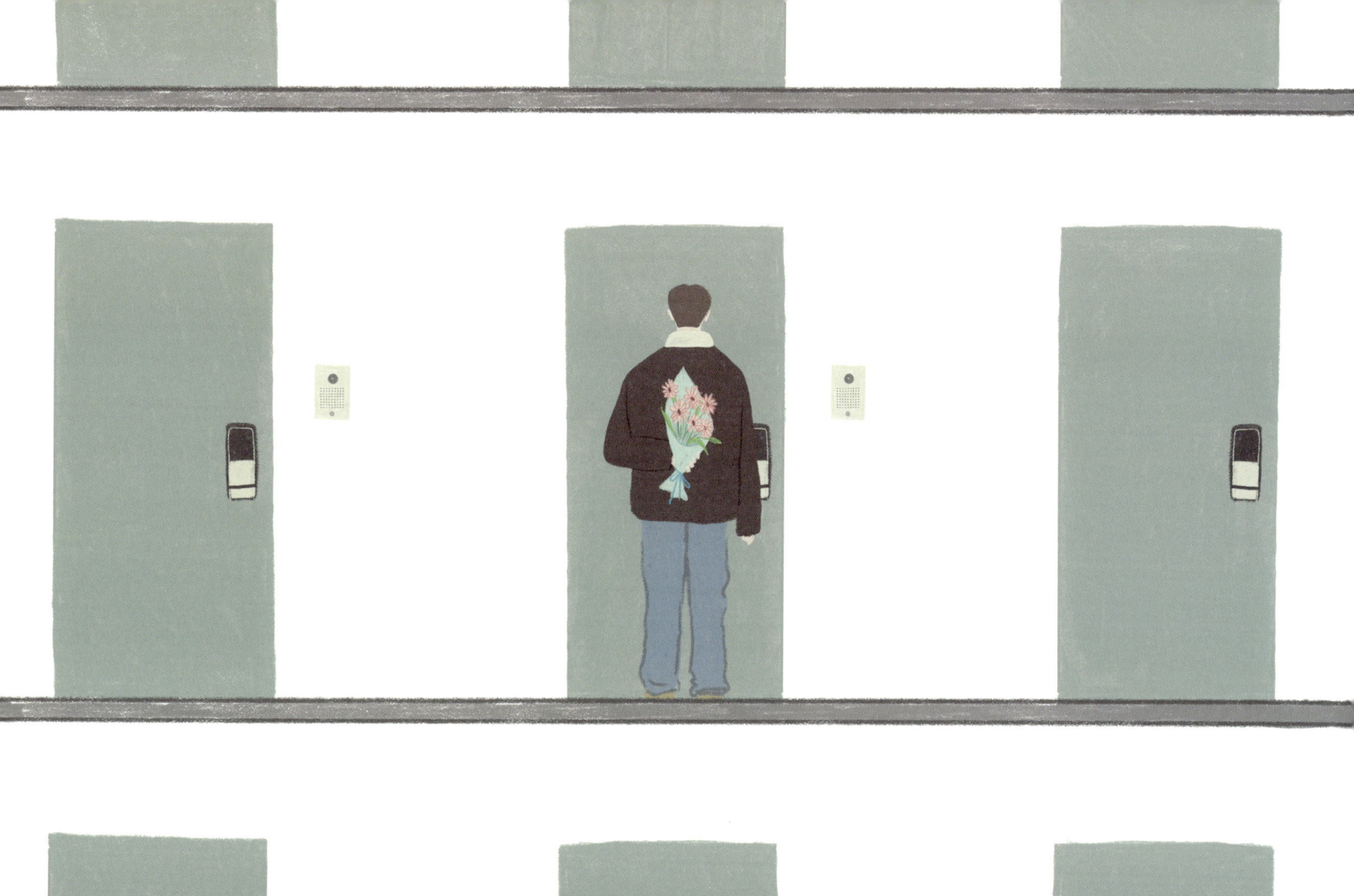

합리적인 사고가 불가능하게 만들어버리죠.

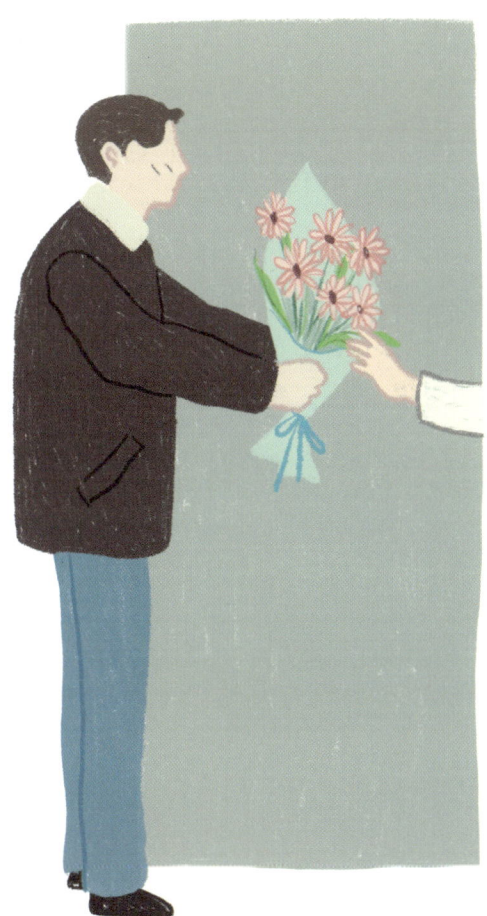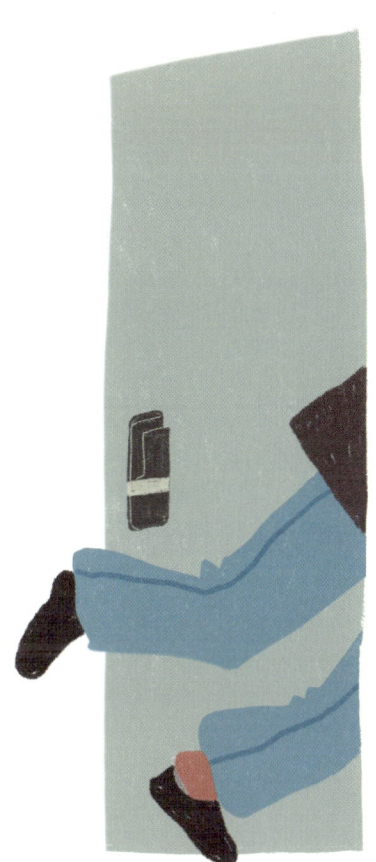

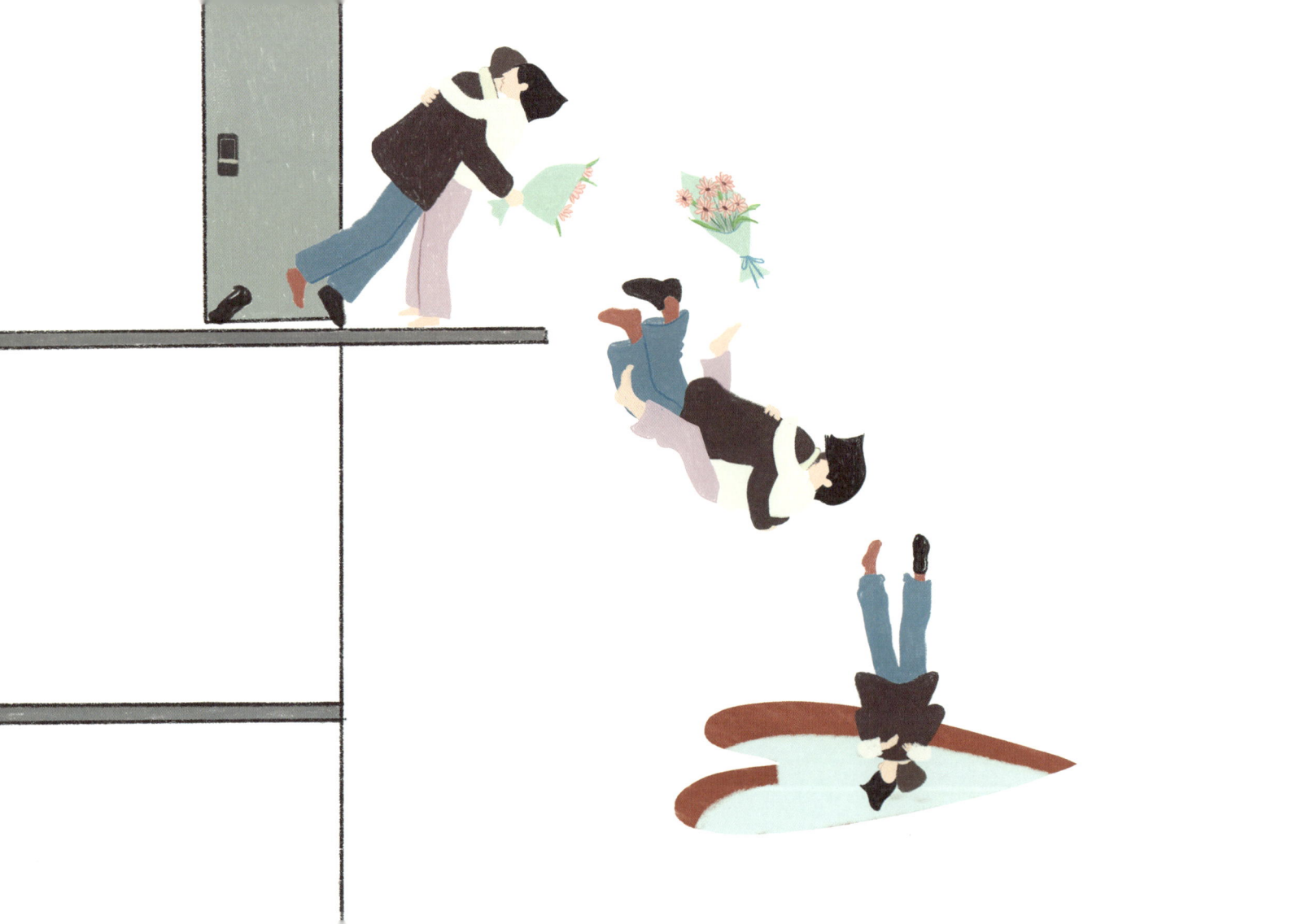

사랑은 중력 같아요.

가끔은 천국으로 보내기도 하고

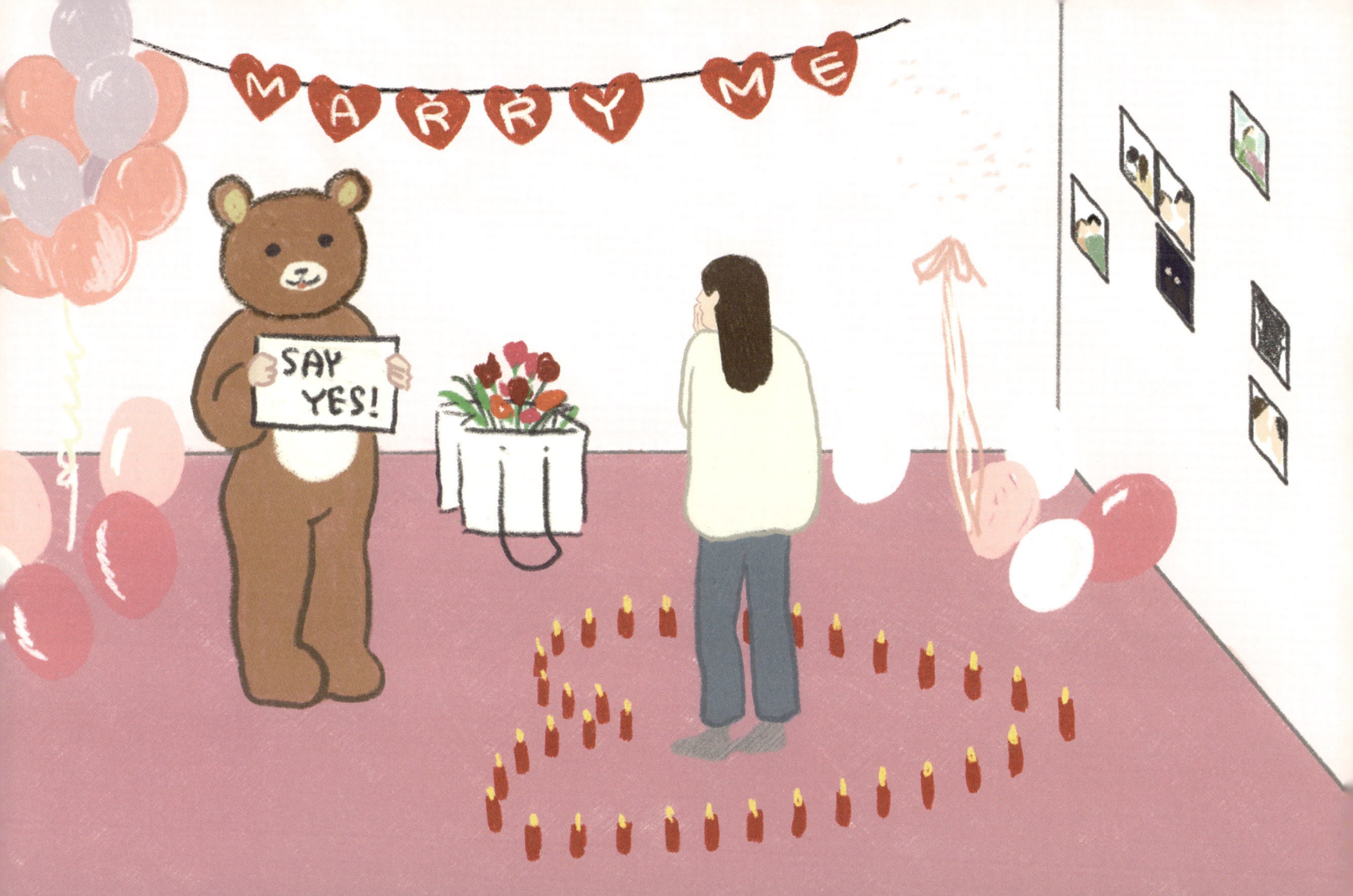

때로는 지옥으로 떨어뜨리기도 하죠.

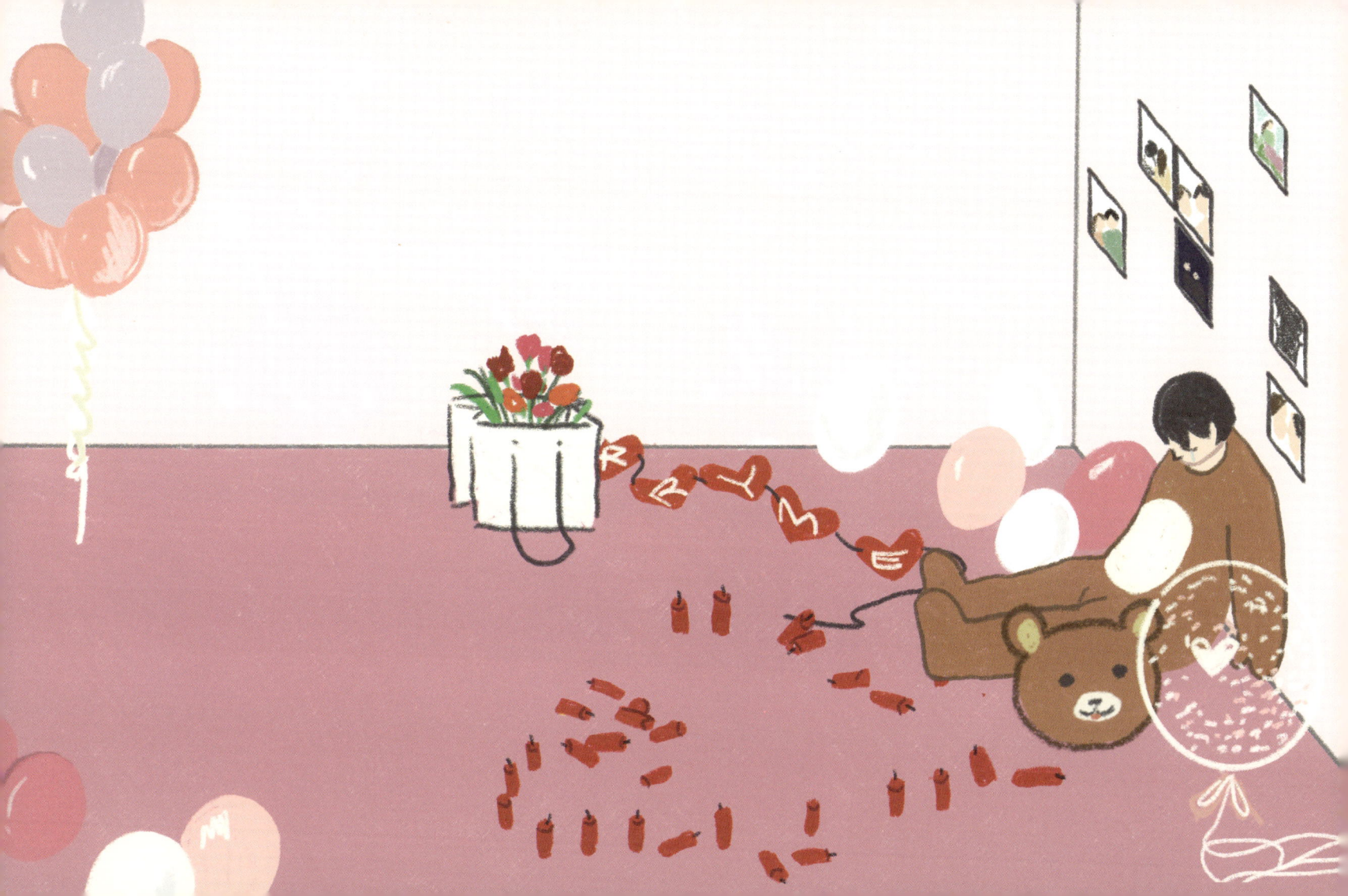

즐겁지만 괴롭고

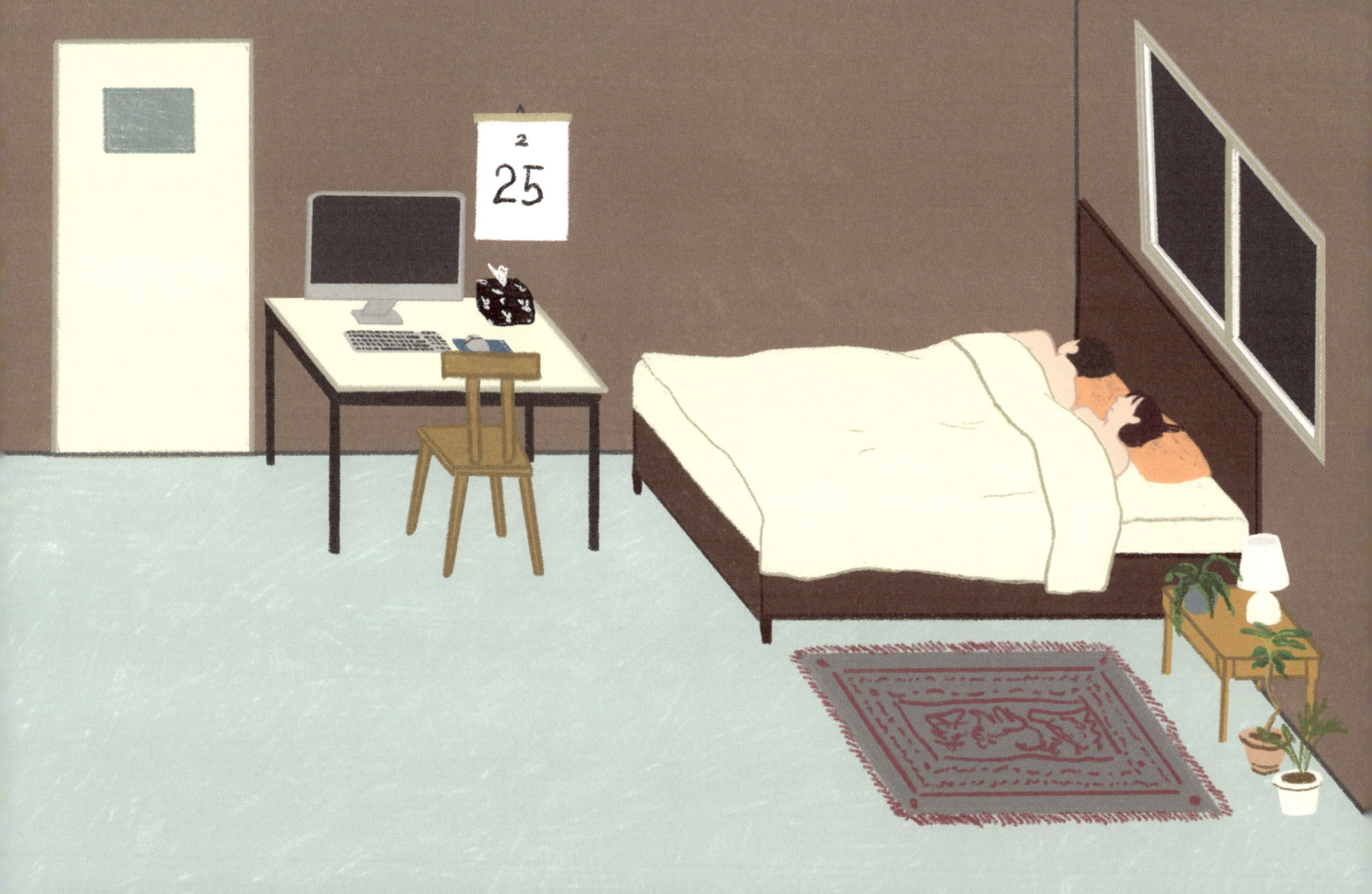

아름답지만 고통스러워요.

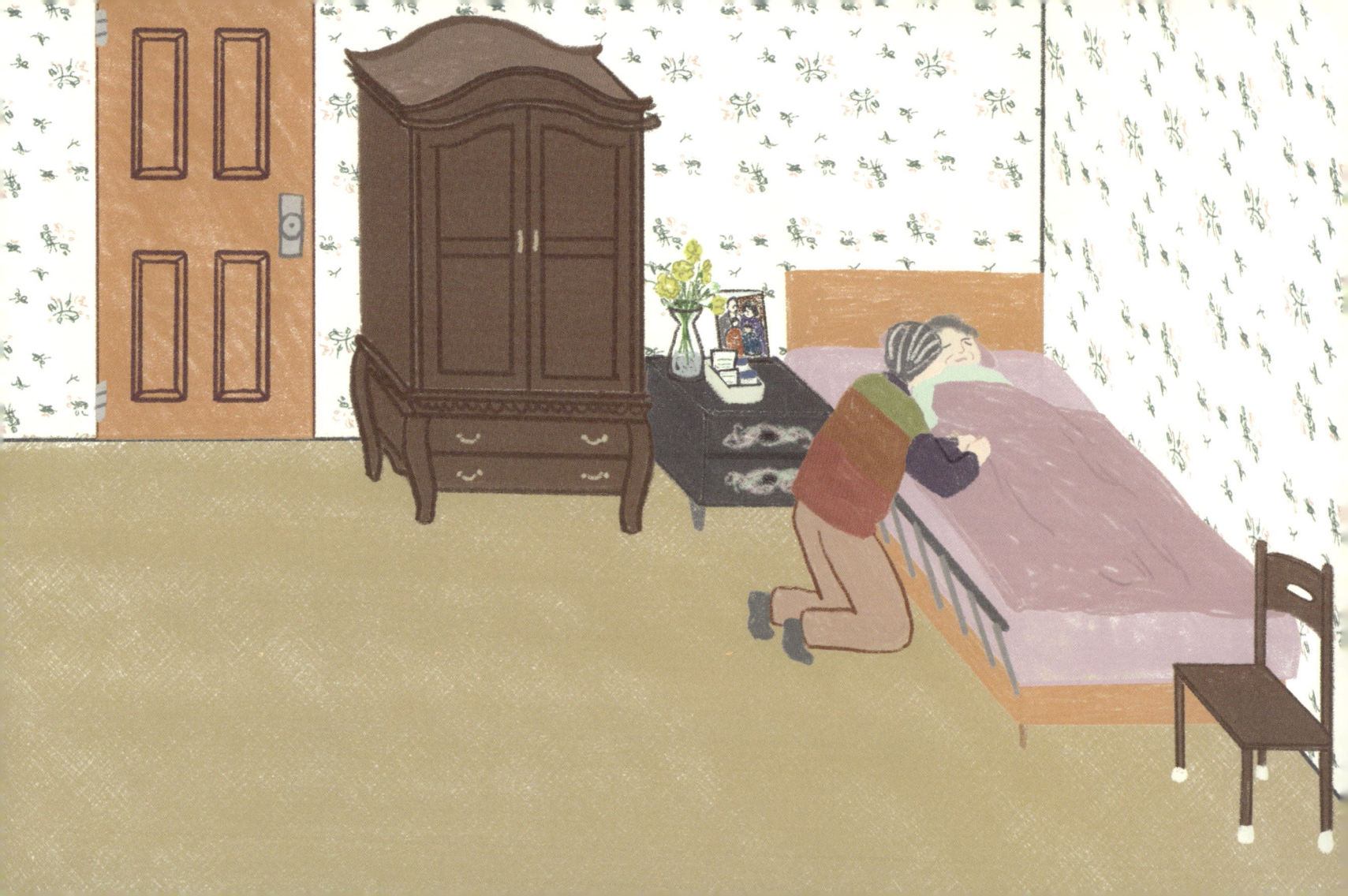

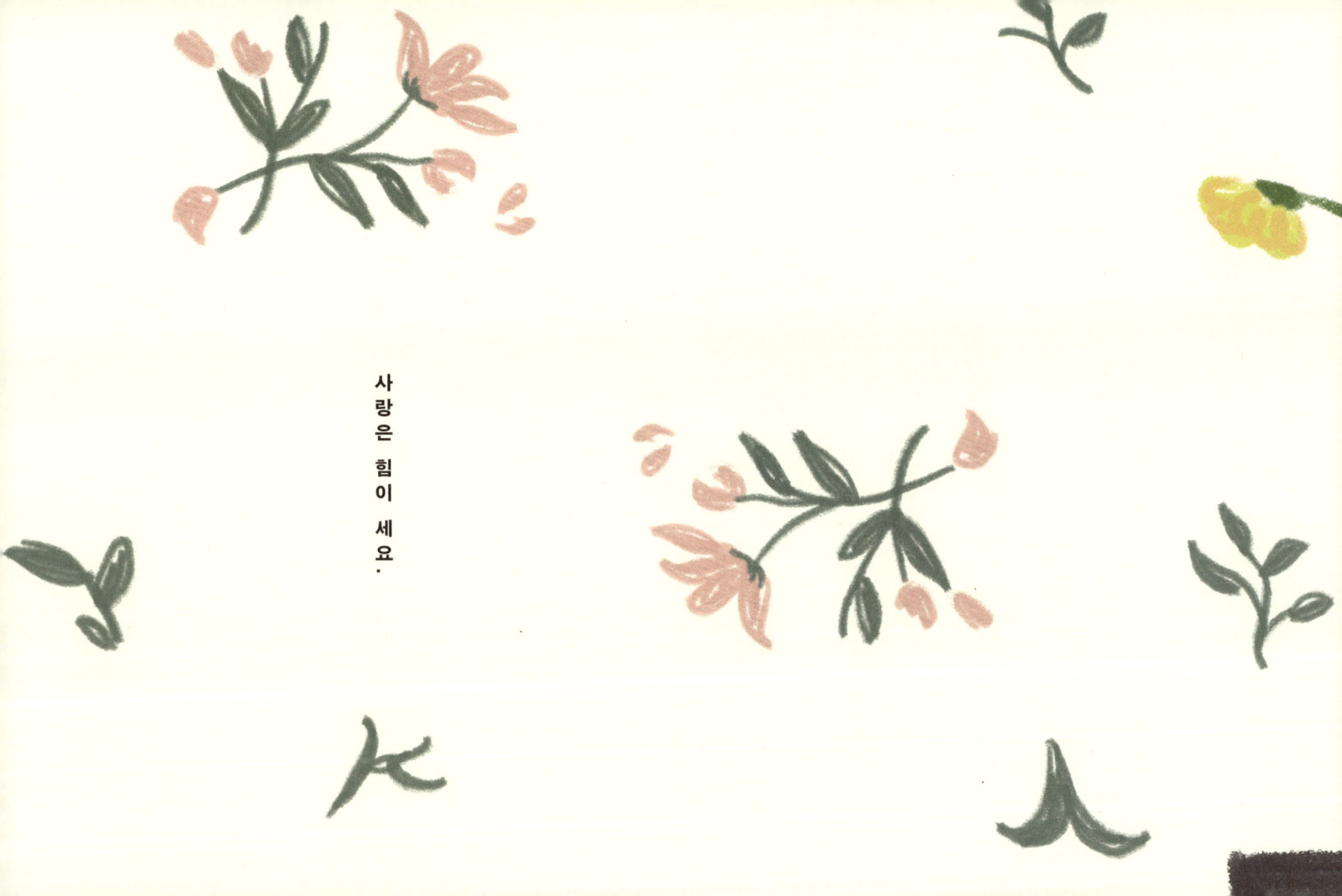

사랑은 힘이 세요.

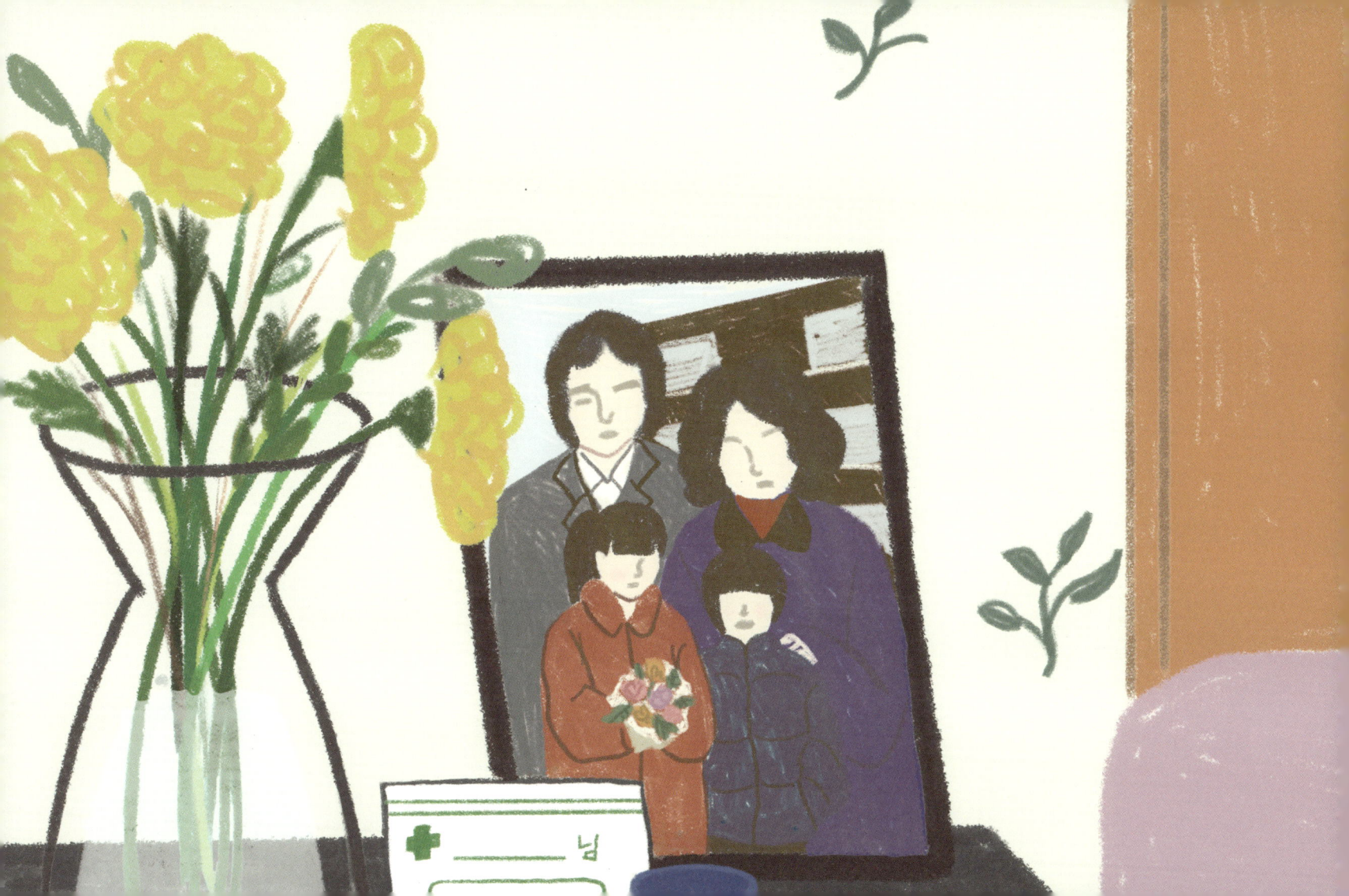

		망
	설	
임		#3

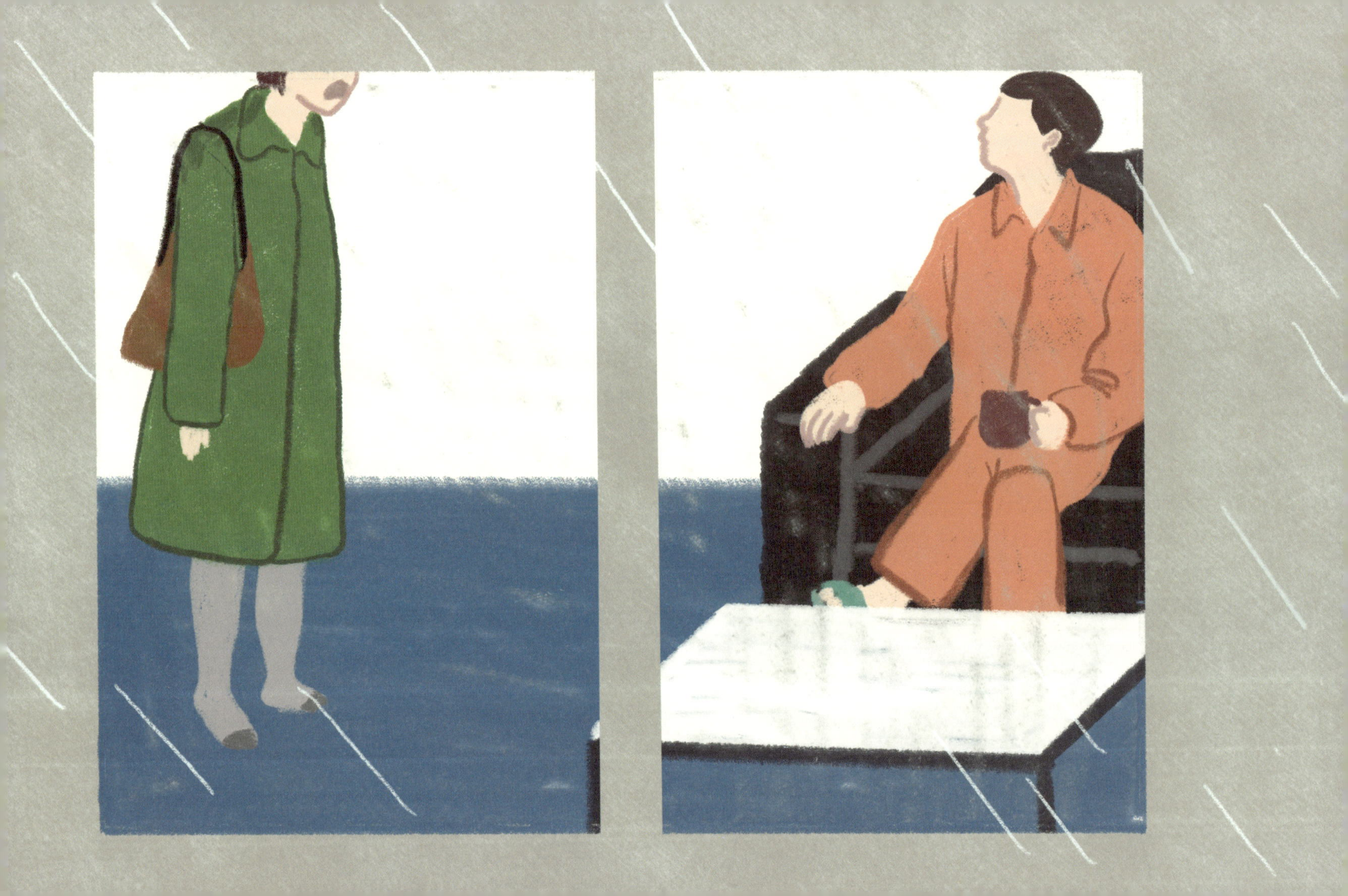

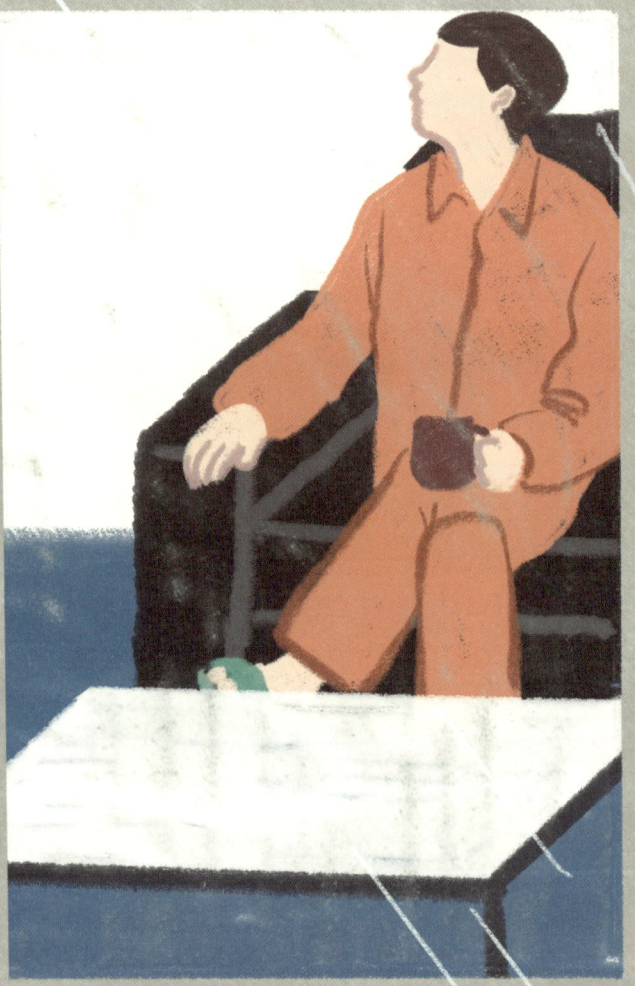

세상에는 정의 내릴 수 없는 것들이 수없이 많지만

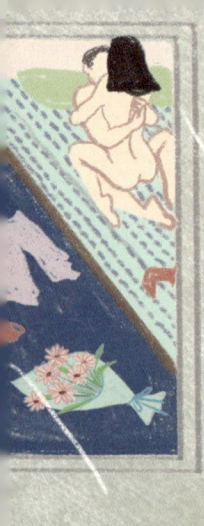
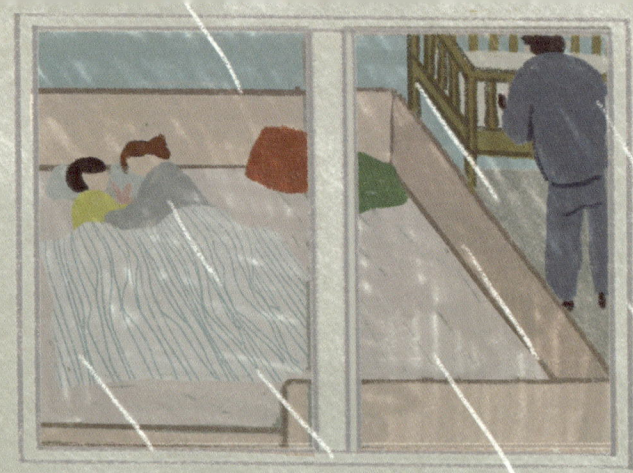
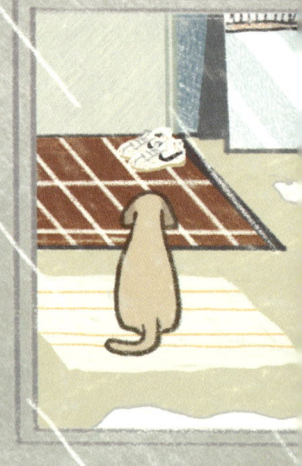

사 랑 은 정 말 모 르 겠 어 요 .

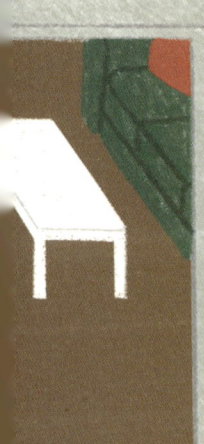
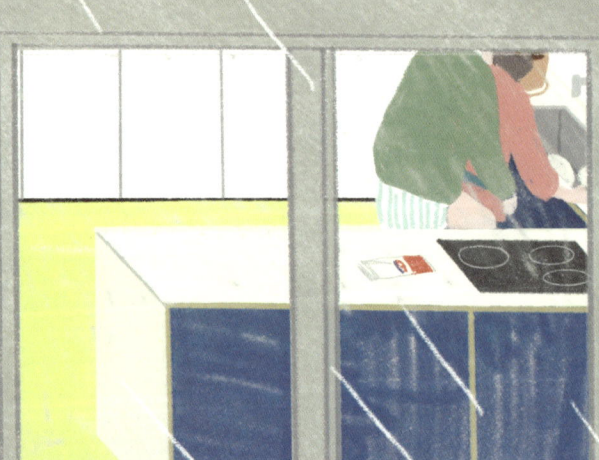
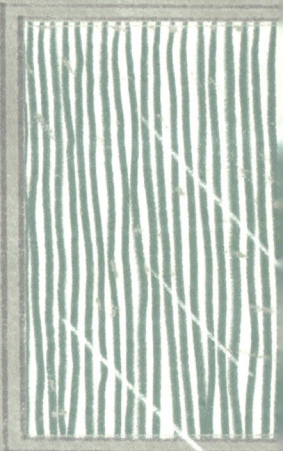

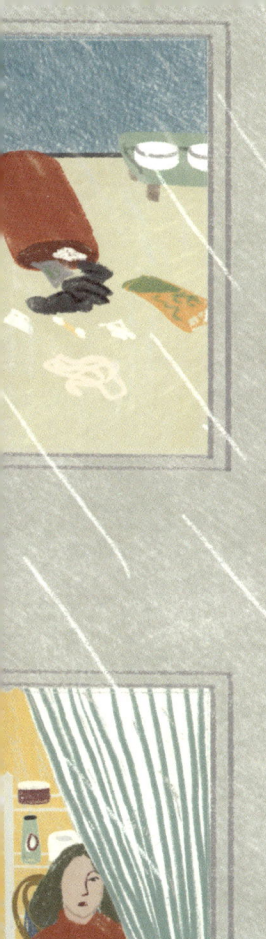
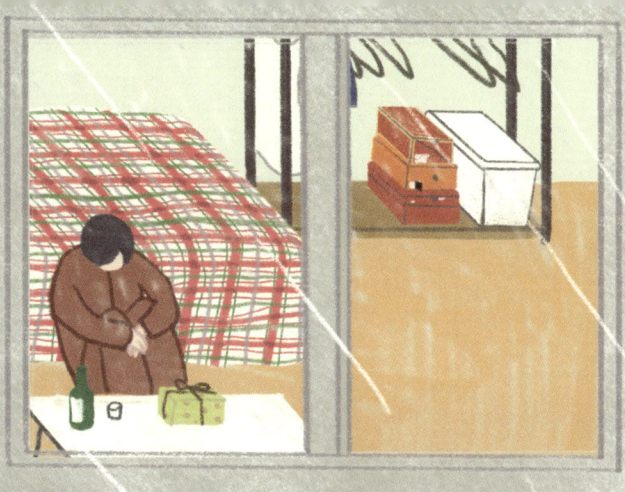
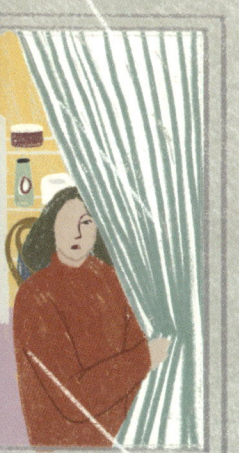
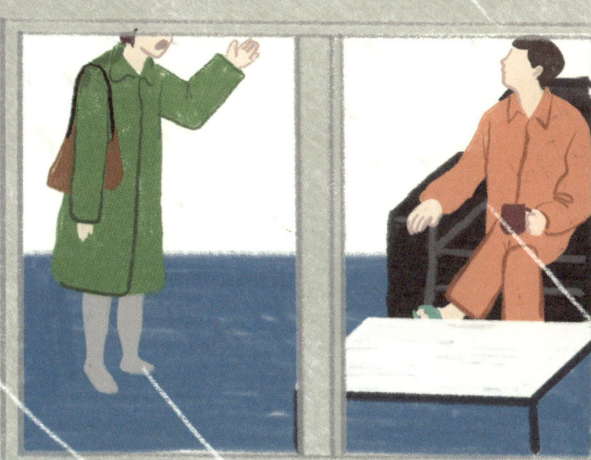

다시는 하지 않으리라 다짐하고서도

당신을 보면 떨려요.

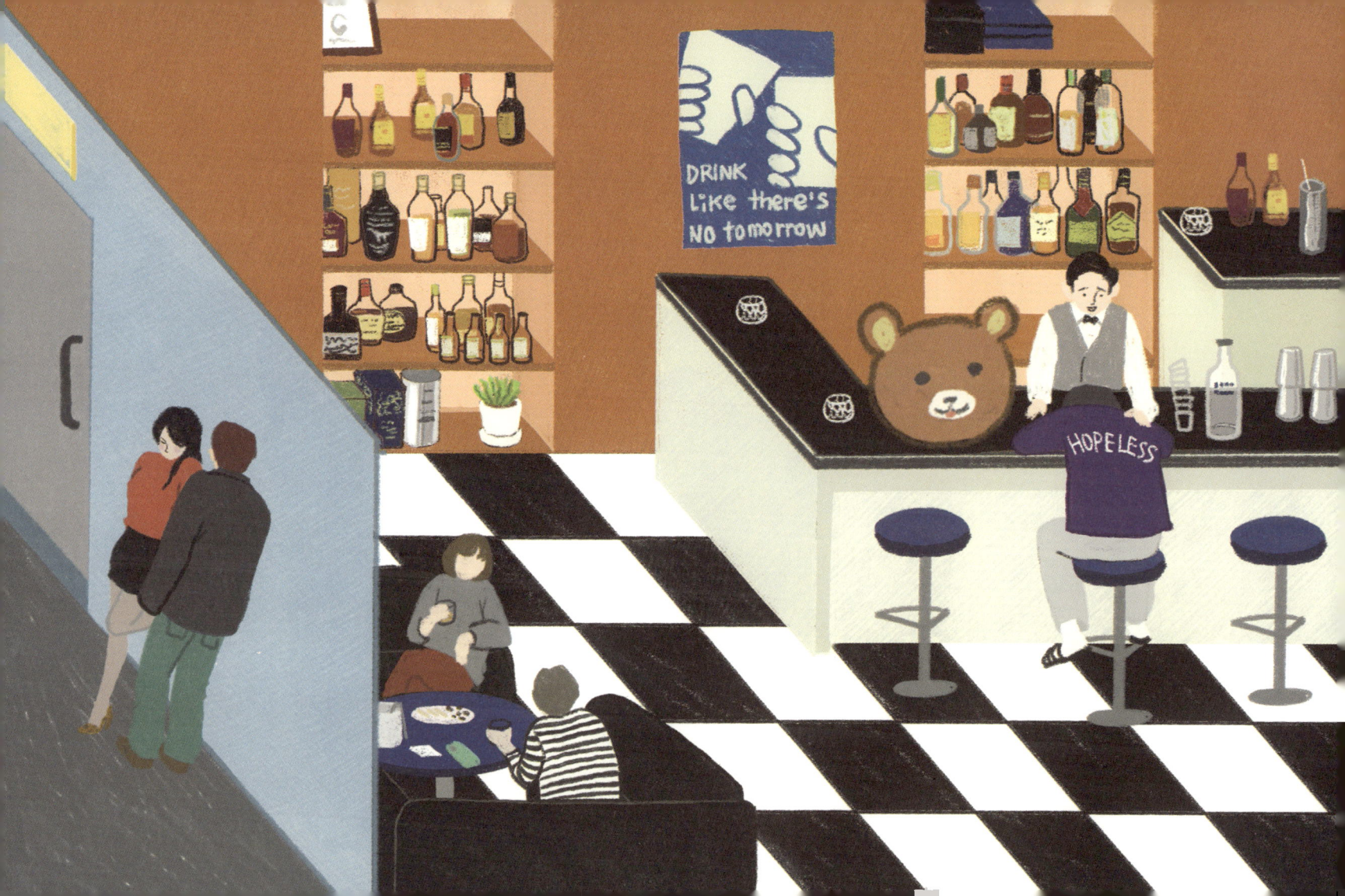

또 너무 쉽게 바스러져버리는 것은 아닐까요?

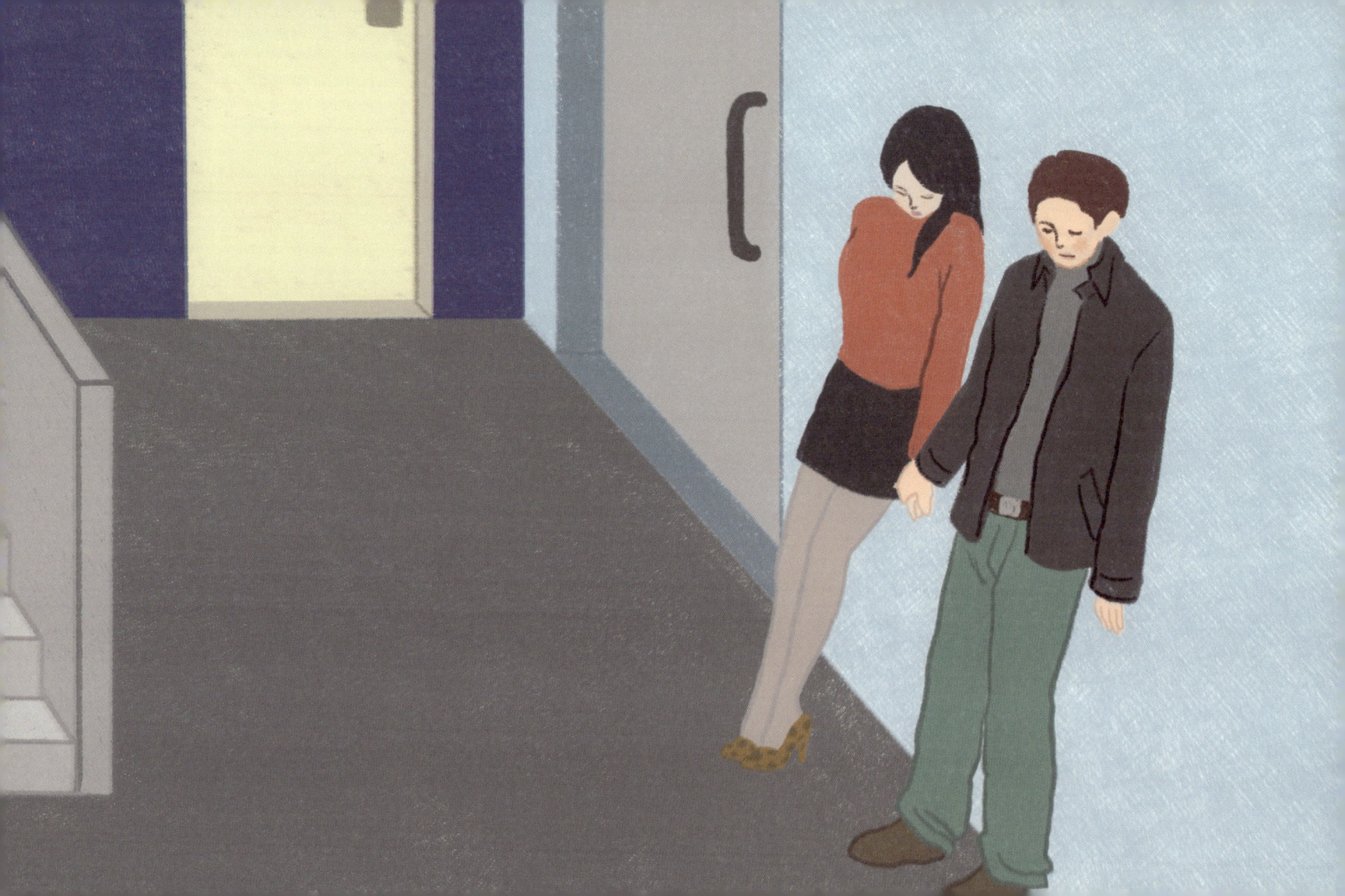

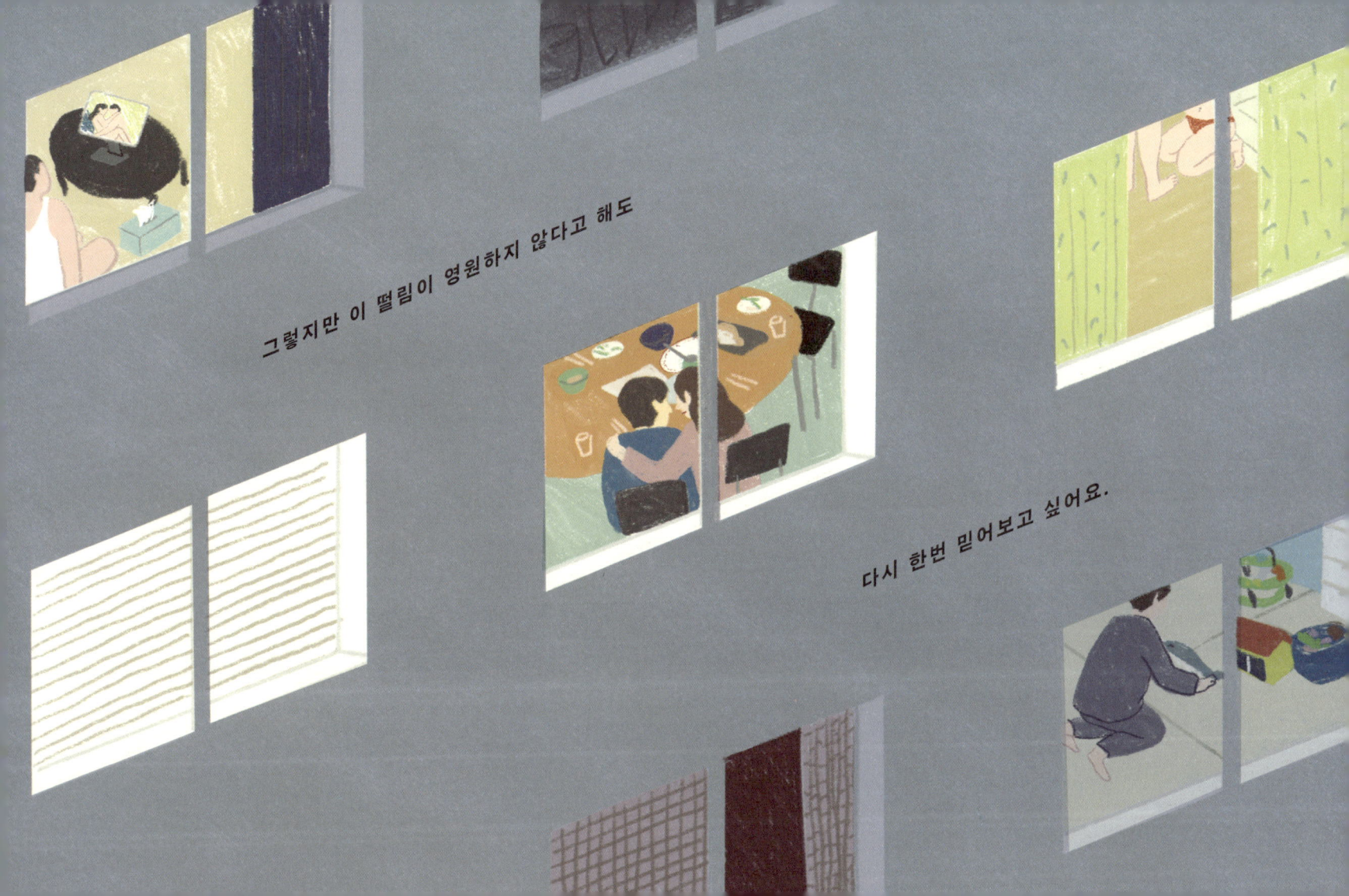

그렇지만 이 떨림이 영원하지 않다고 해도

다시 한번 믿어보고 싶어요.

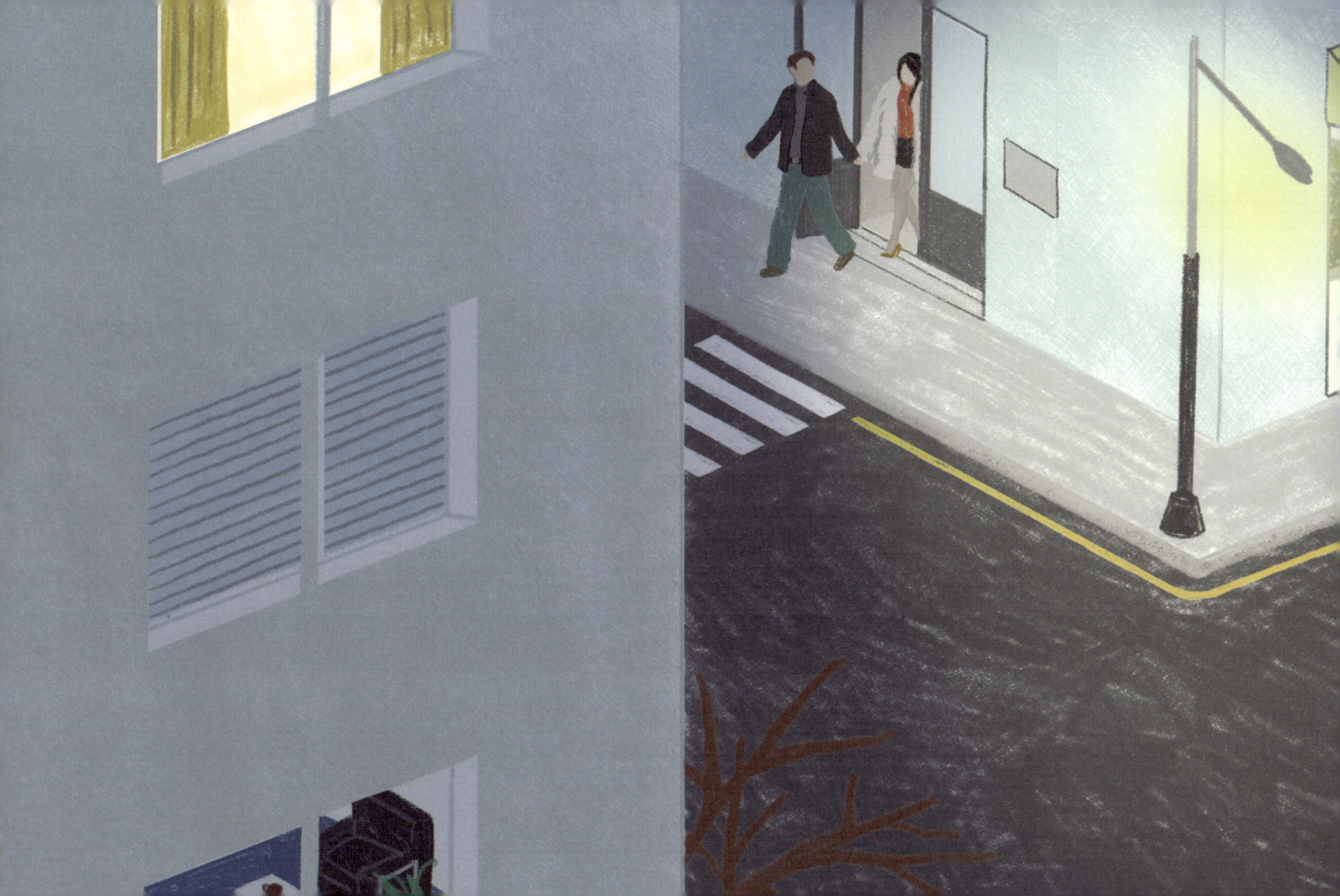

시

험

#4

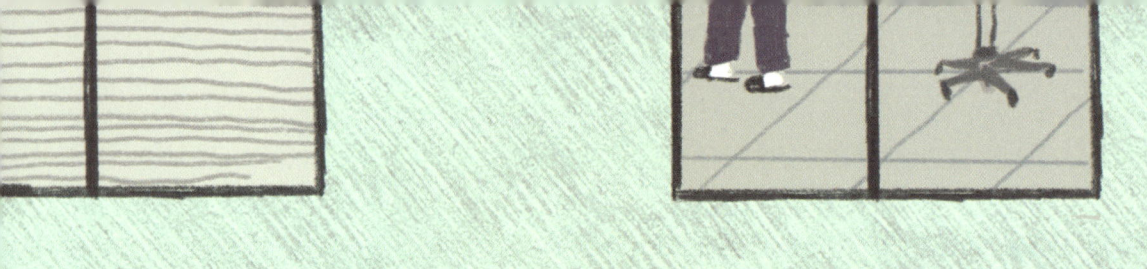

사랑은 정답이 없는 시험지 같아요.

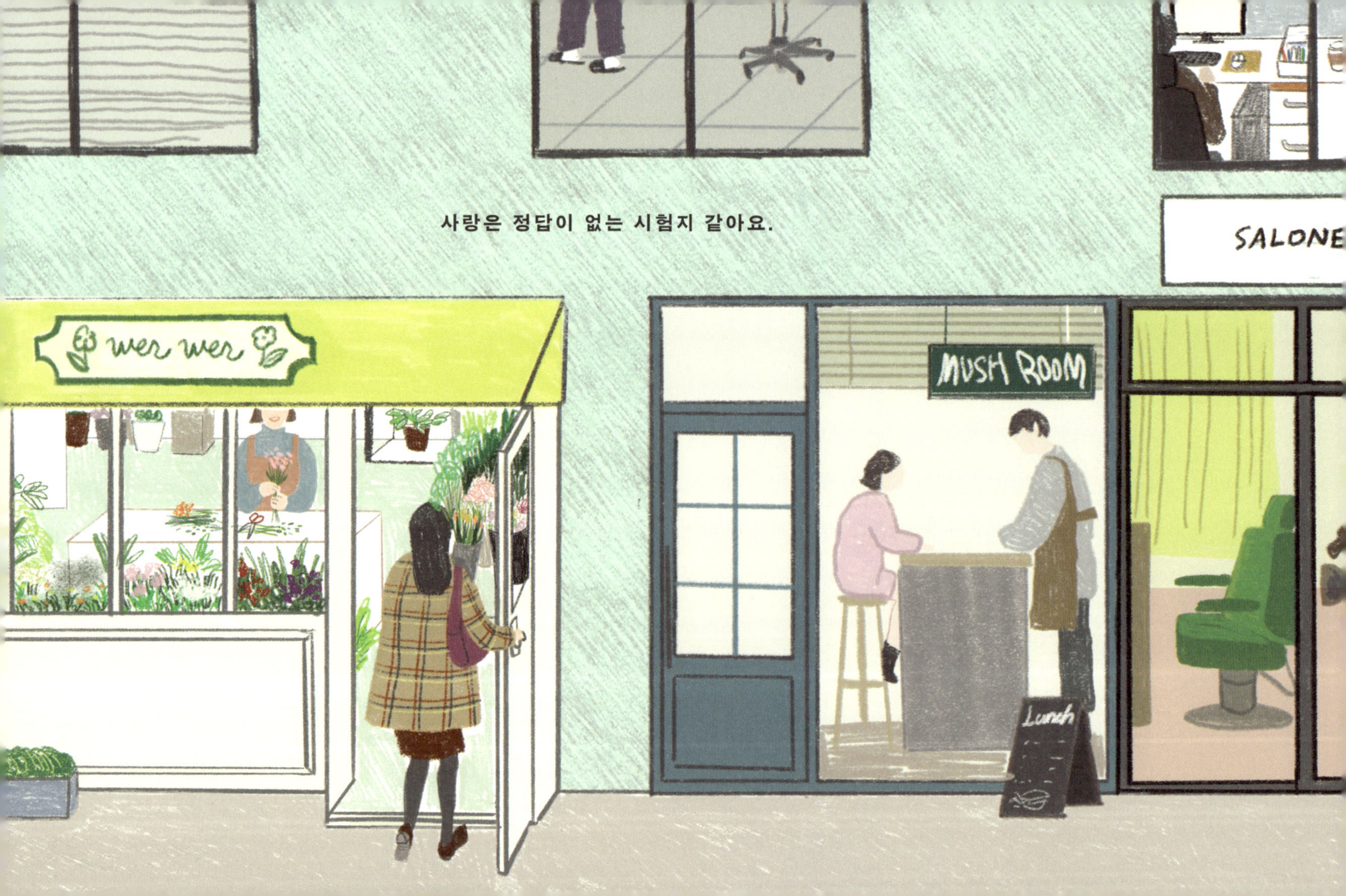

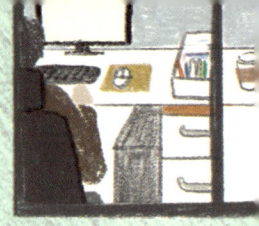

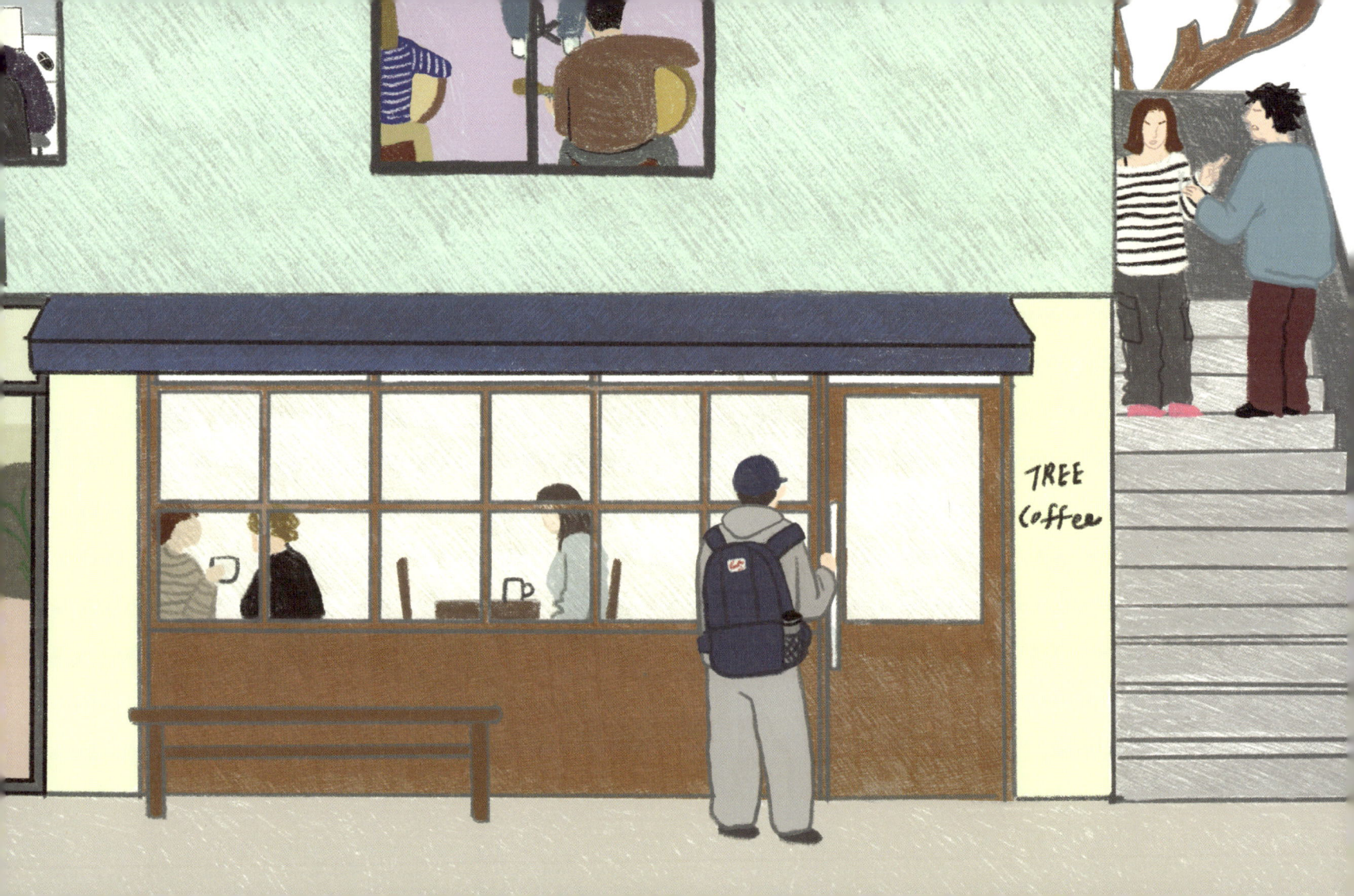

TREE
Coffee

풀려고 애는 쓰지만 늘 오답이죠.

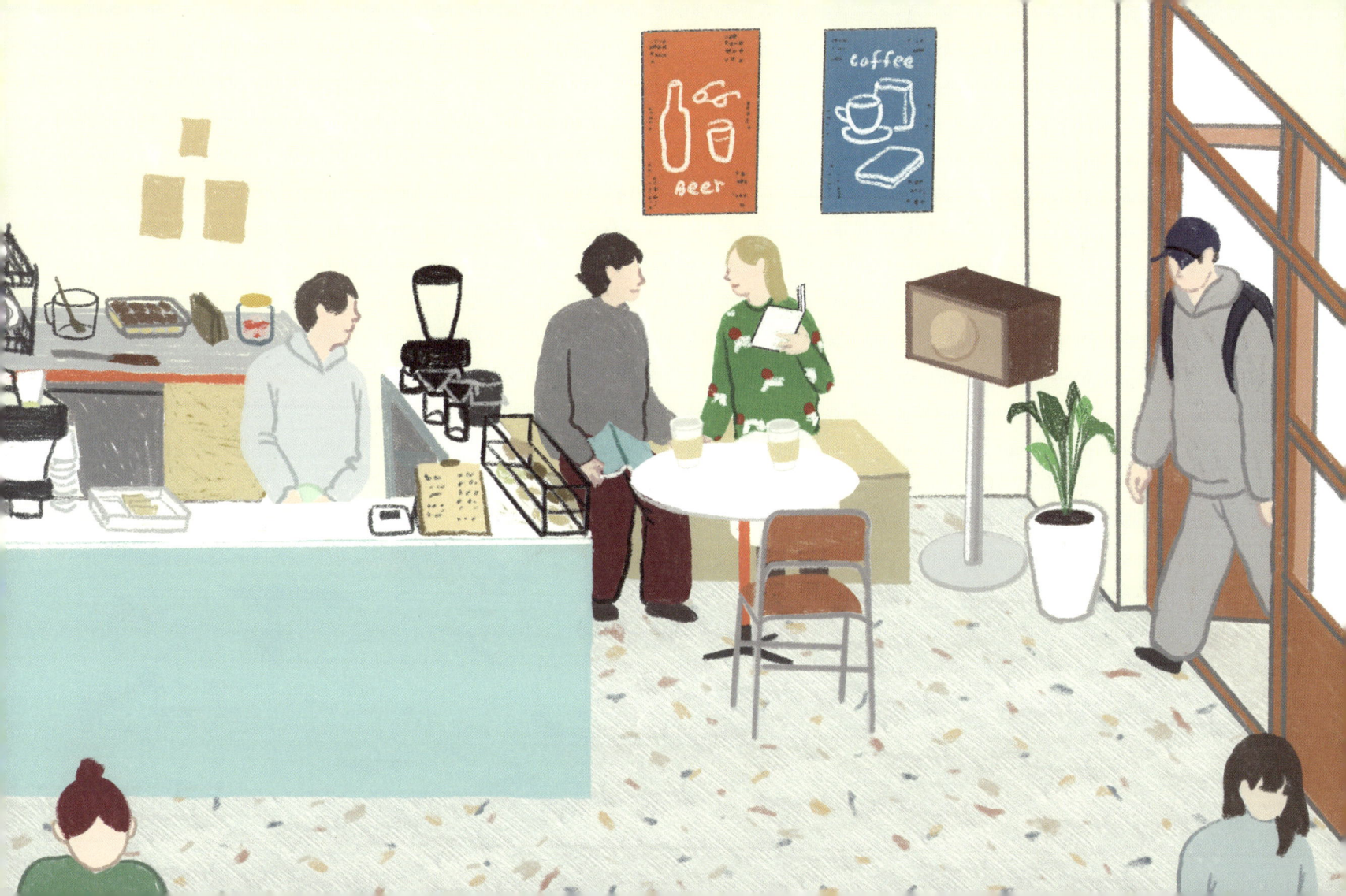

당신을 이해하려 갖은 노력을 다 해보지만

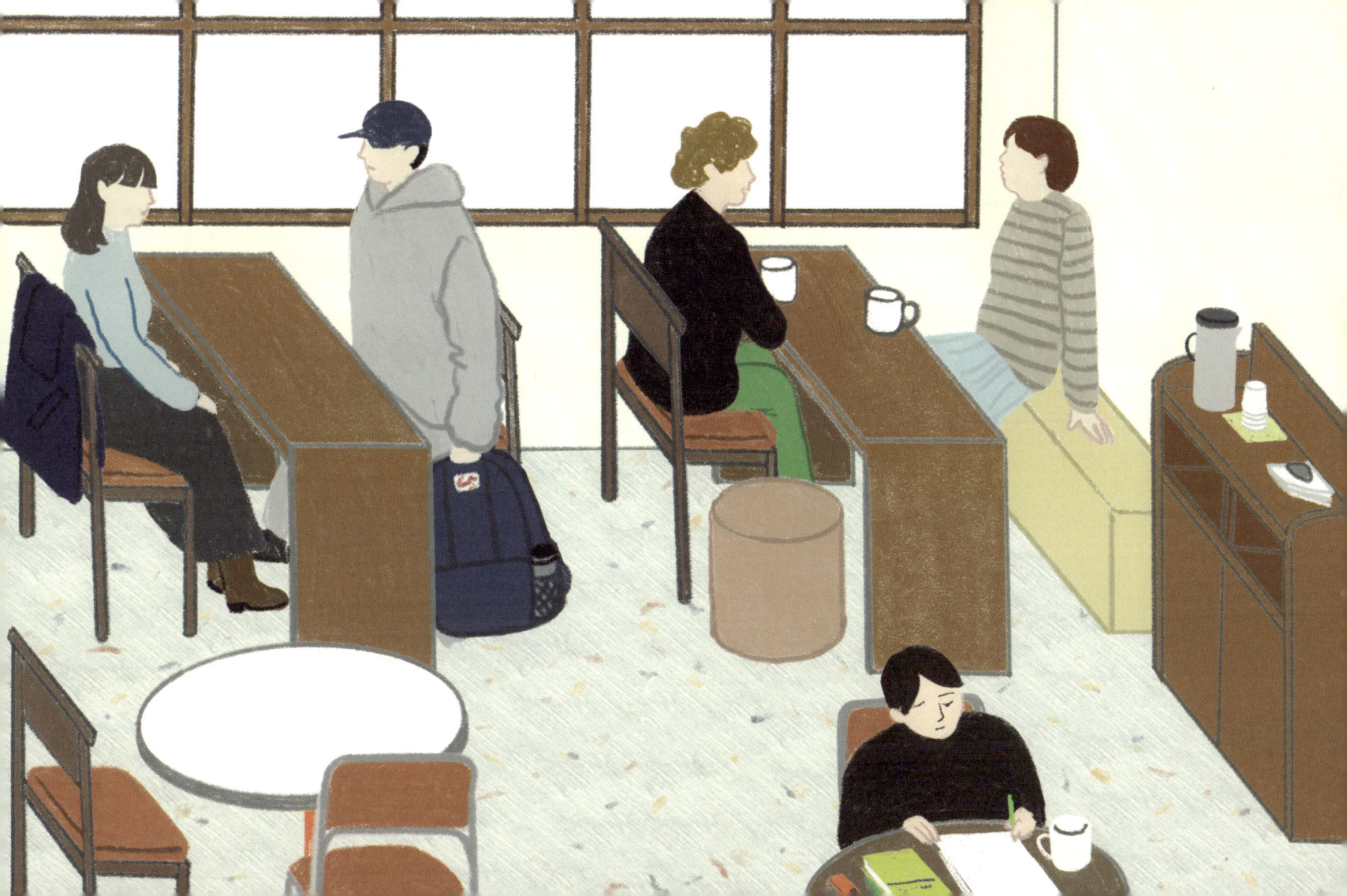

어떨 때는 내 마음과 달리 상처를 주고받기도 해요.

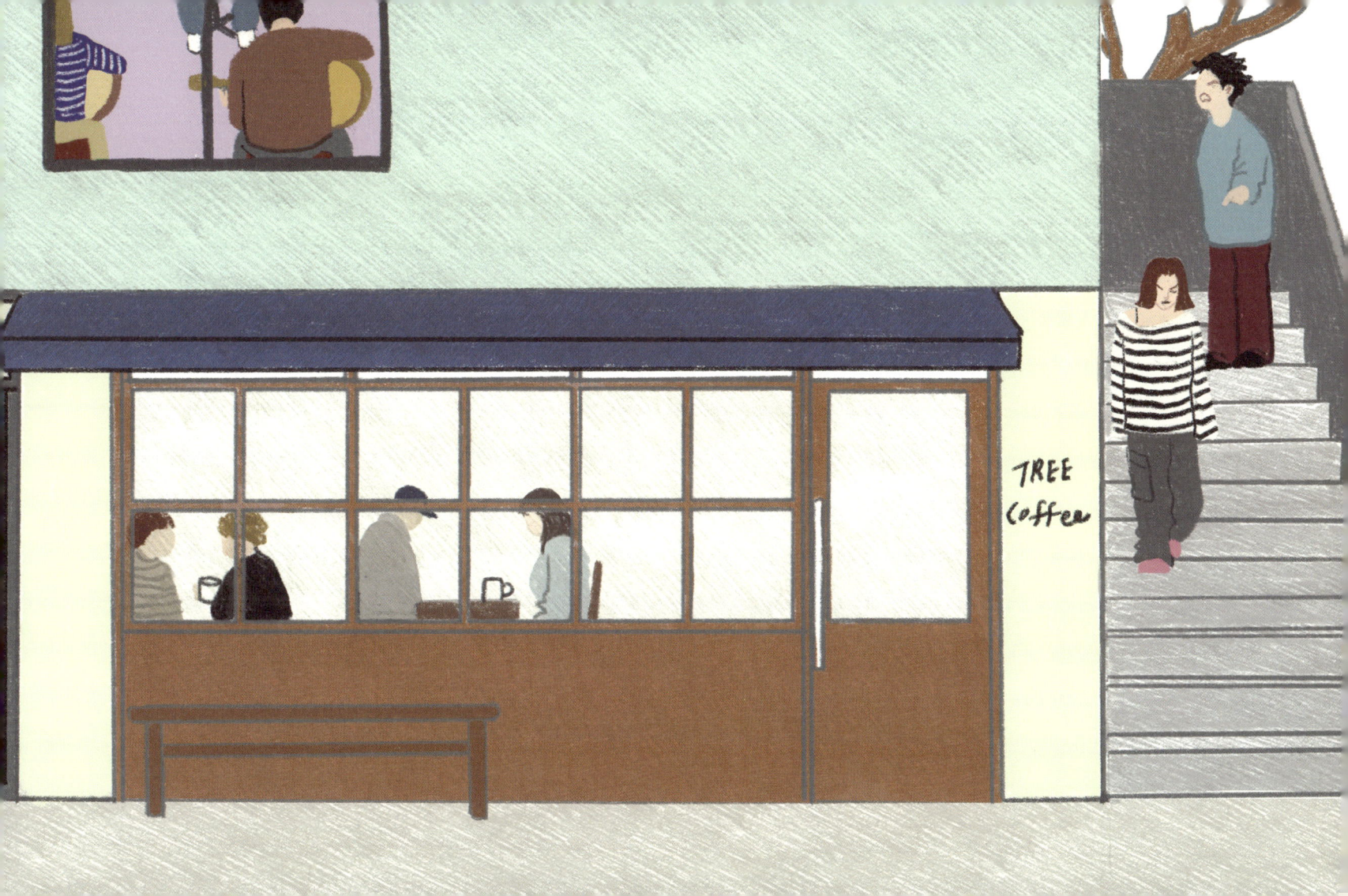

그래도 계속하고 싶어요.

우리가 같은 답을 찾을 때까지.

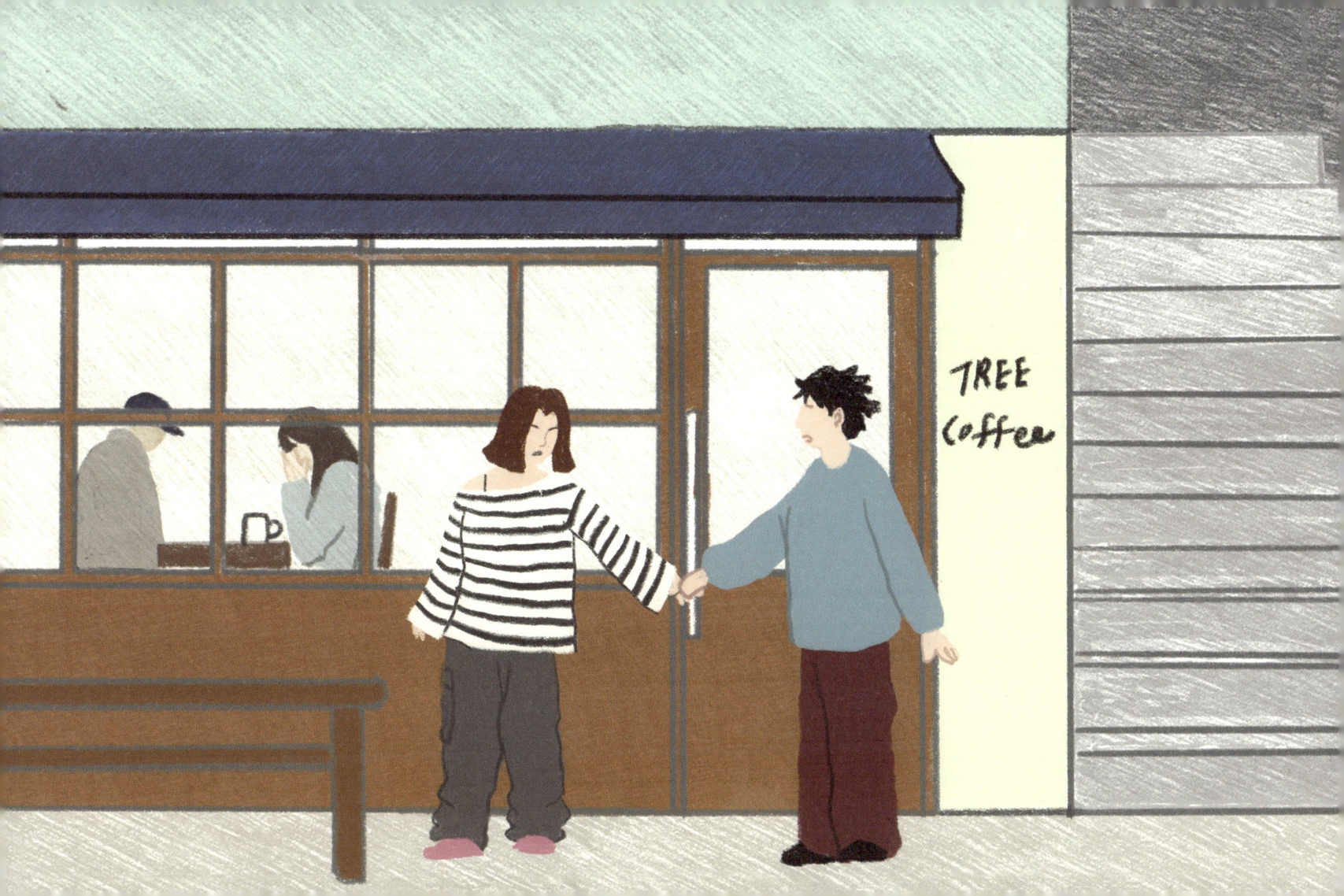

#5

착 각

사랑은 네잎클로버 같아요.

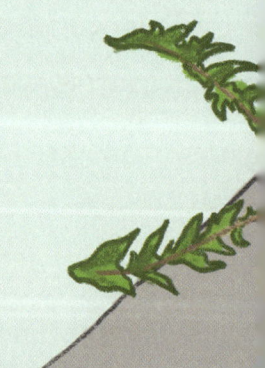

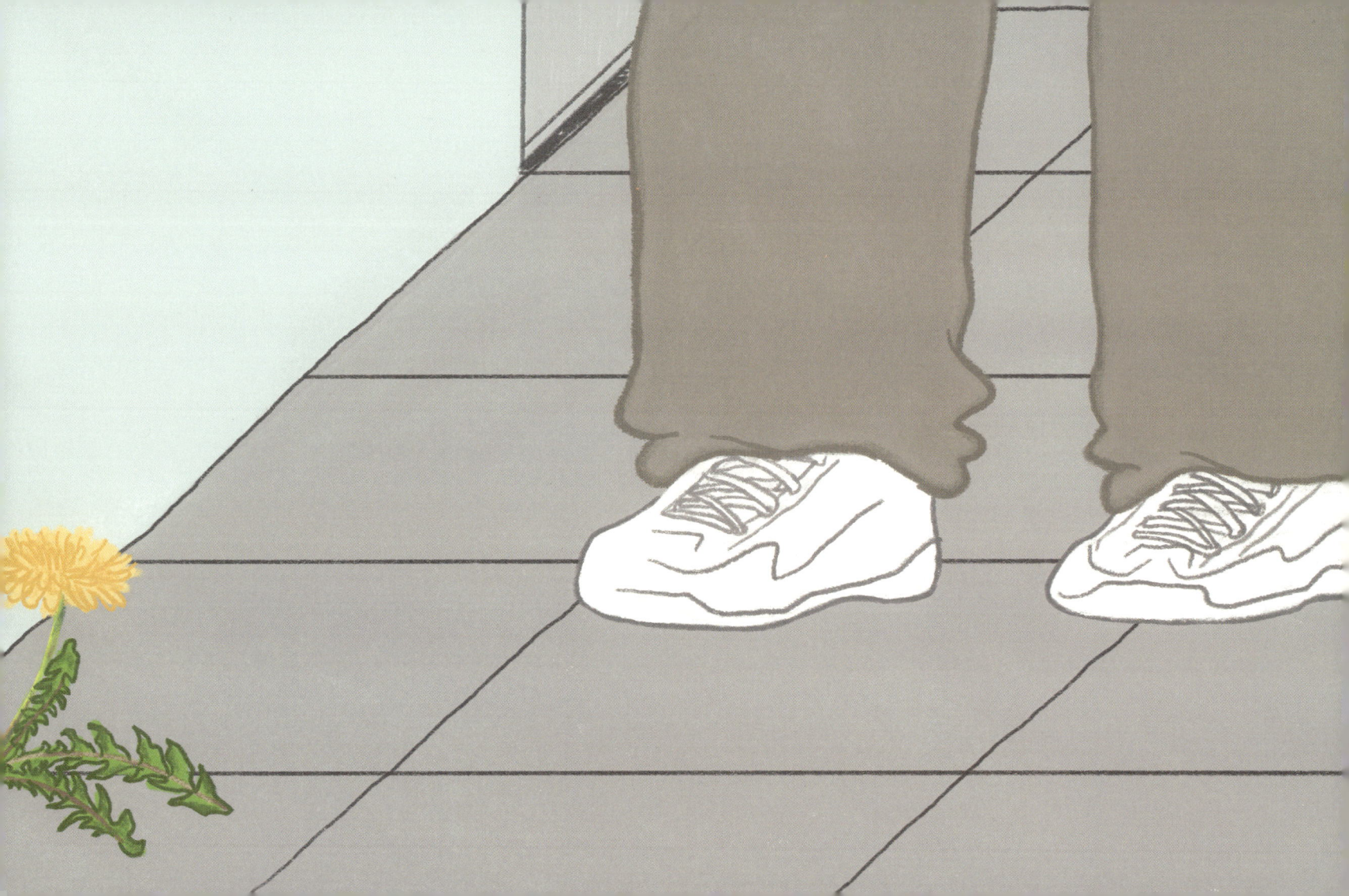

그것은 어쩌면 소수만 누릴 수 있는 우연한 행운인지도 모르죠.

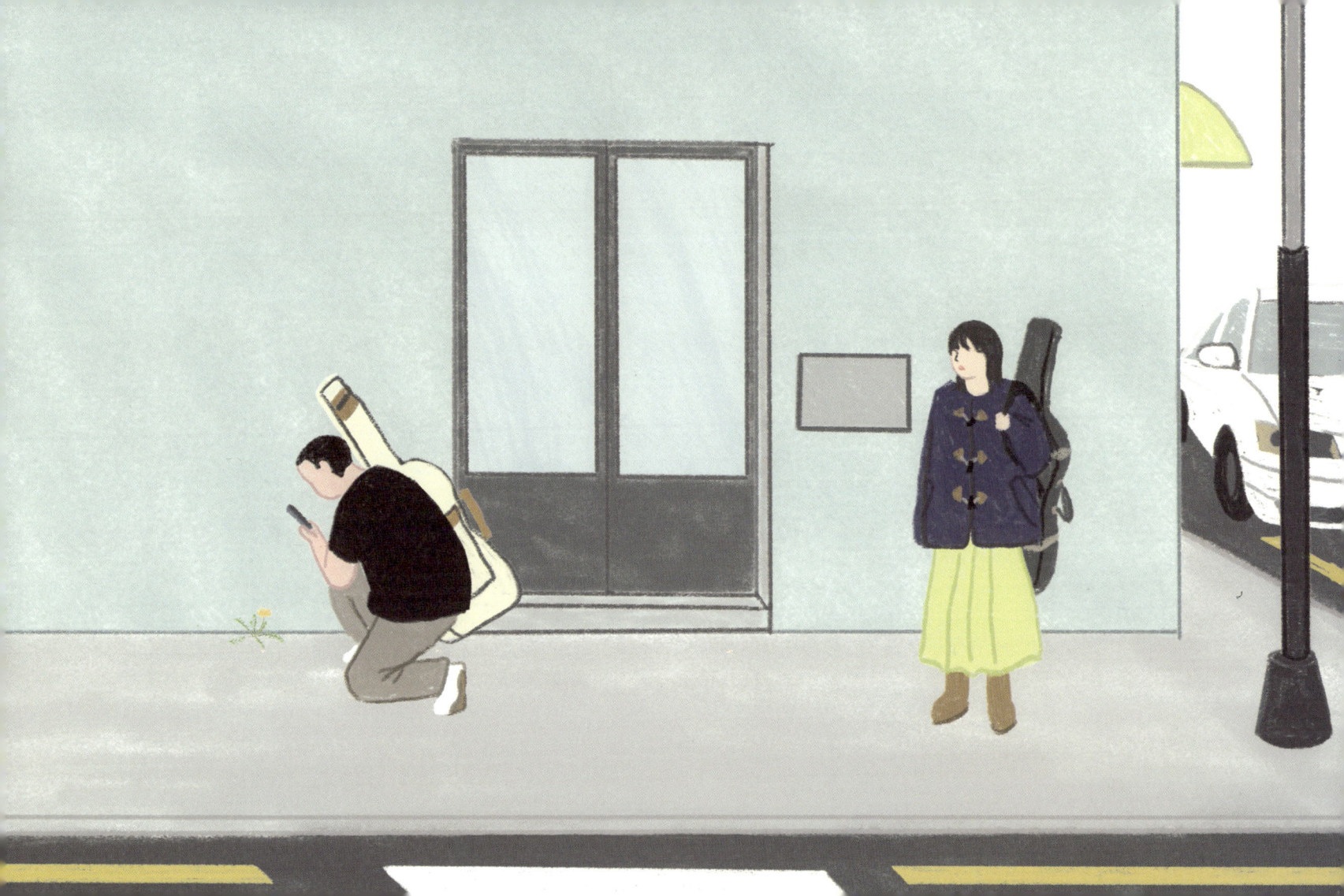

한때는 그 행운의 주인공이 나일지도 모른다고 생각하기도 했어요.

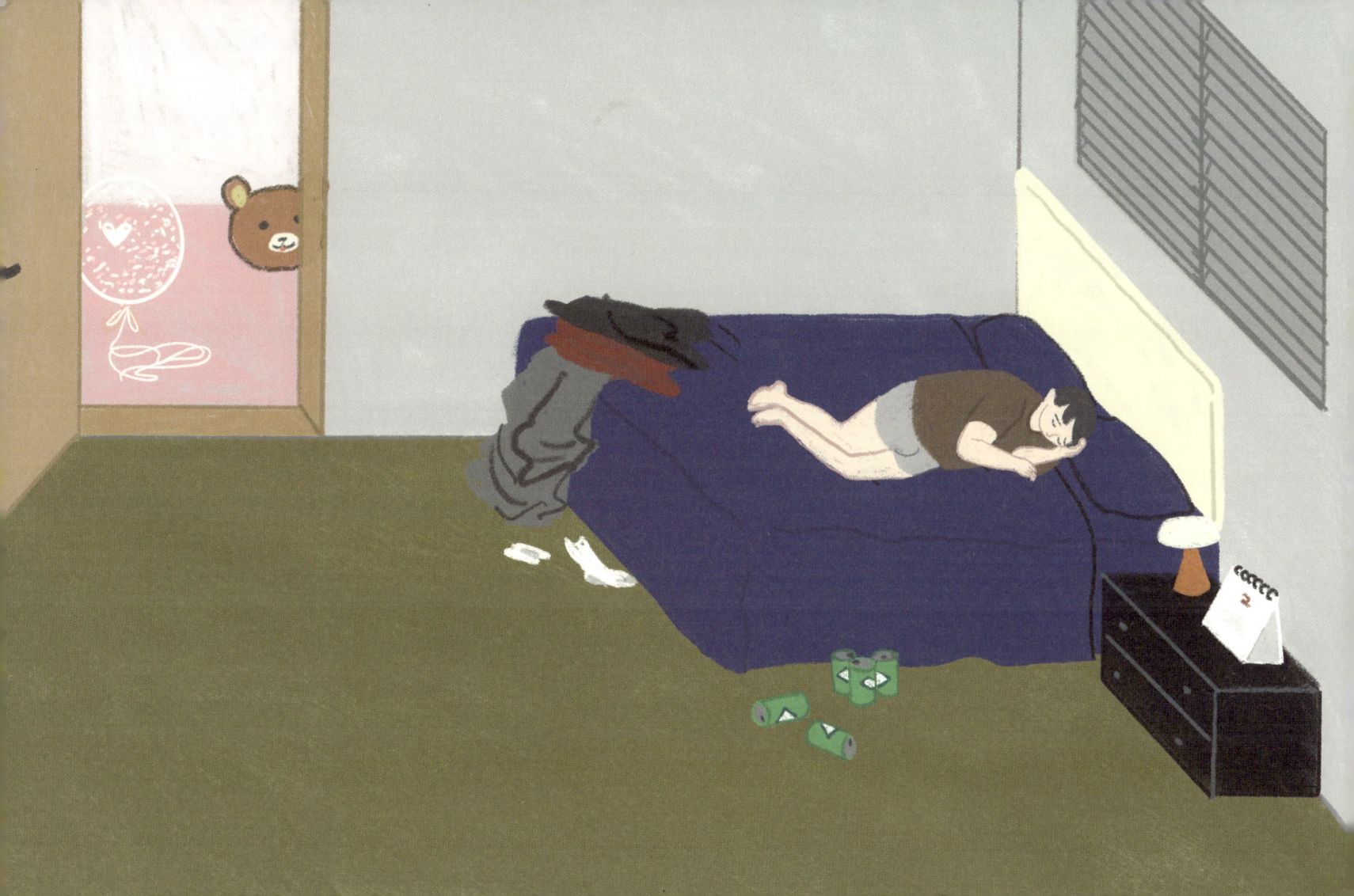

그렇지만 지금은 모르겠어요.

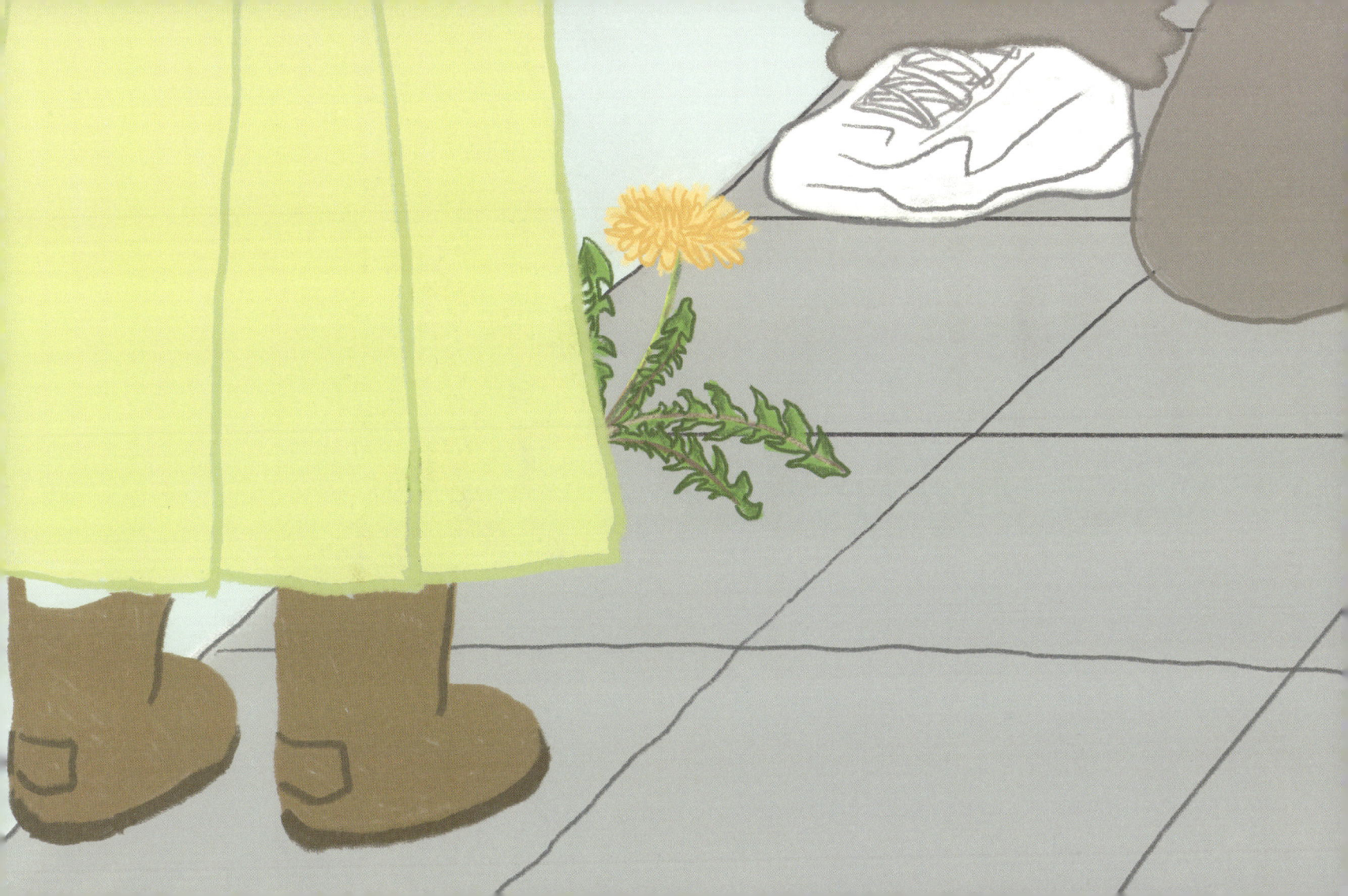

사랑이란 거 정말 있나요?

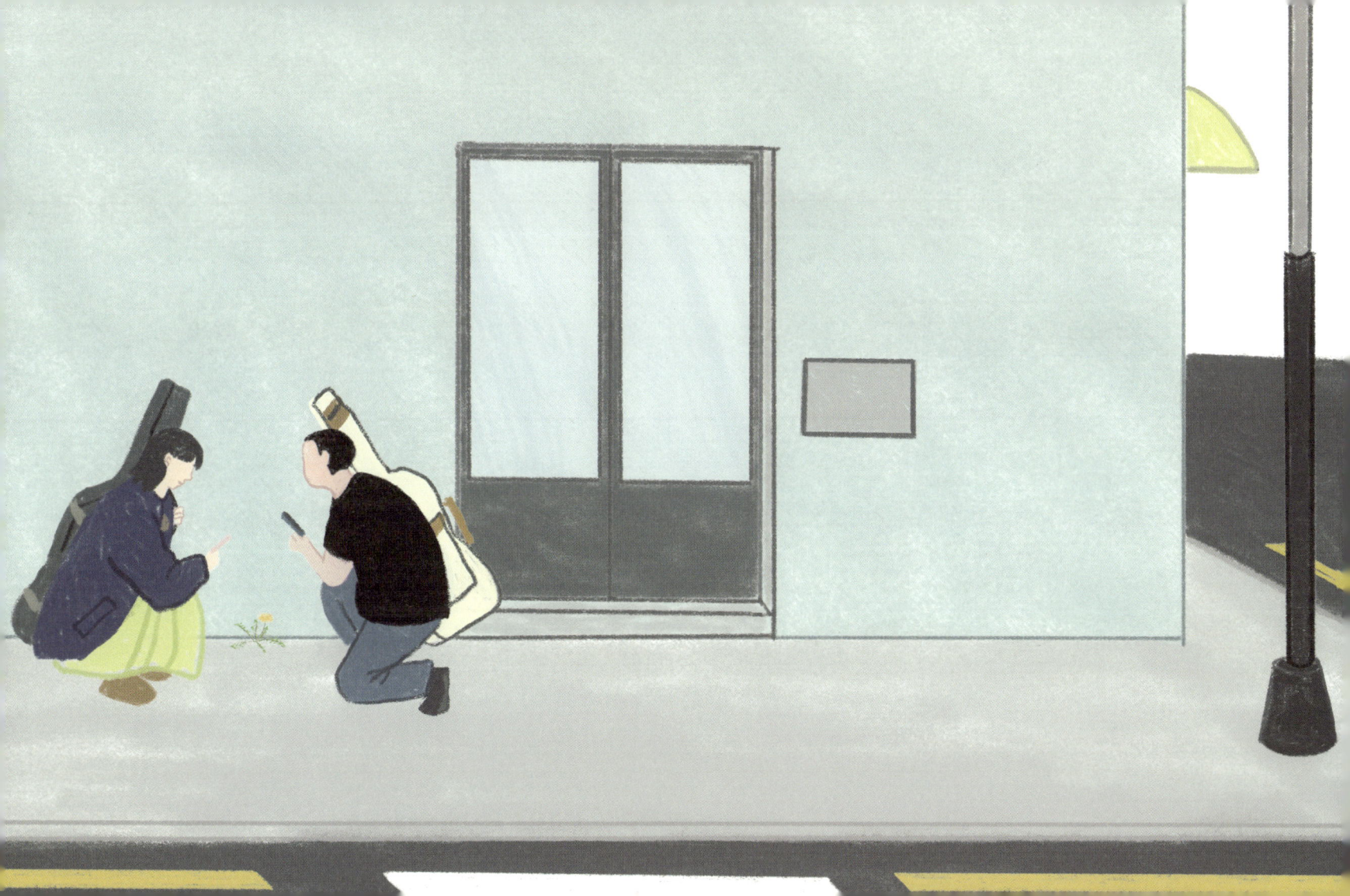

일

상

#6

그럼에도 불구하고 사랑은 계속돼요.

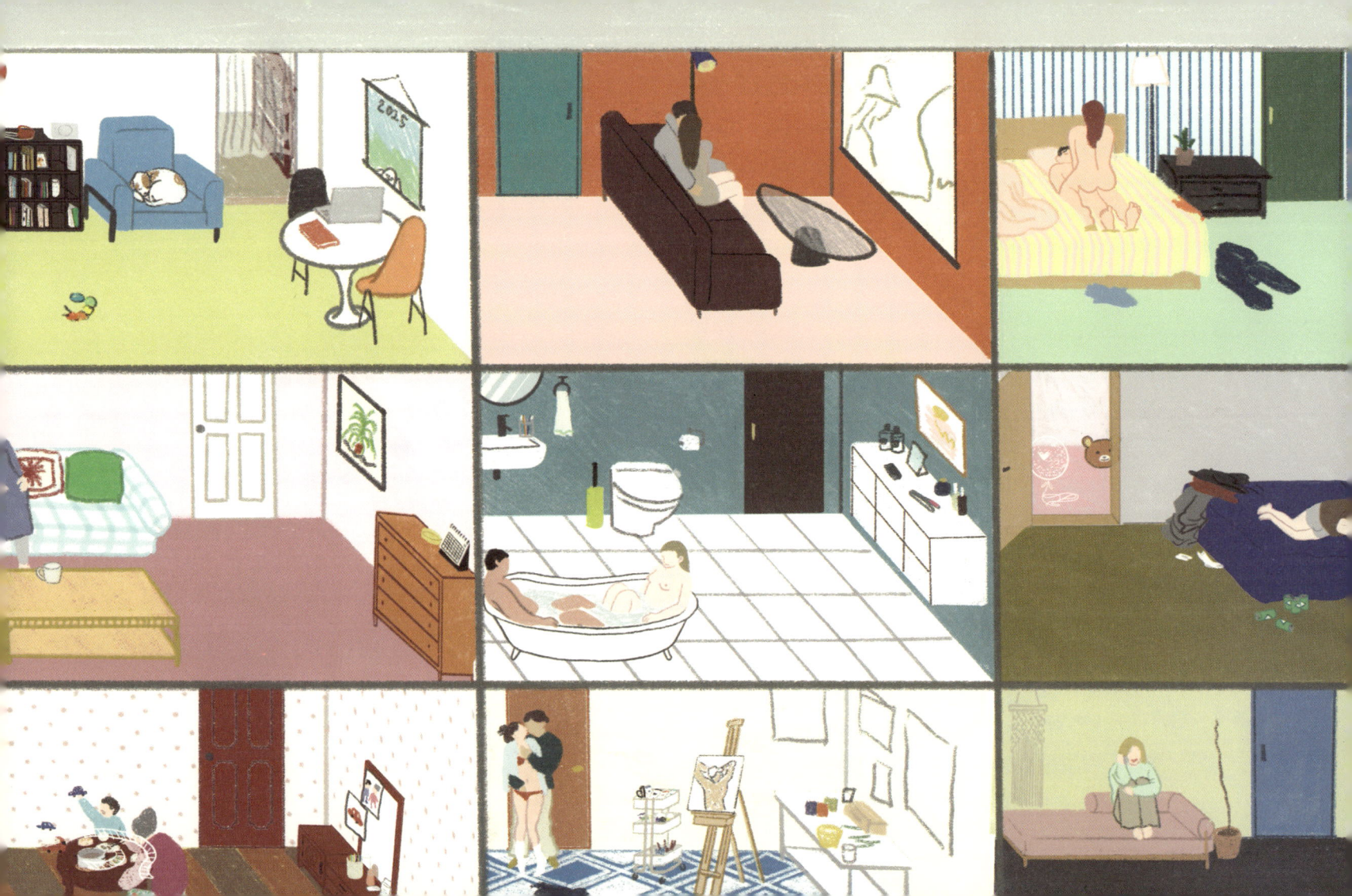

자
다
가
도
...

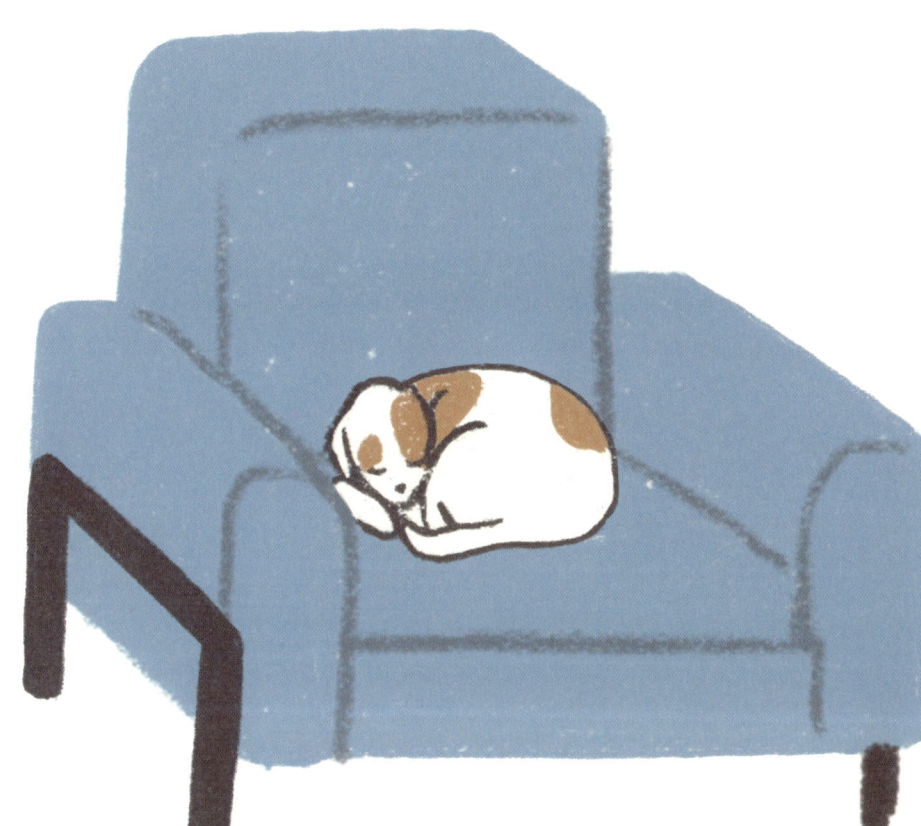

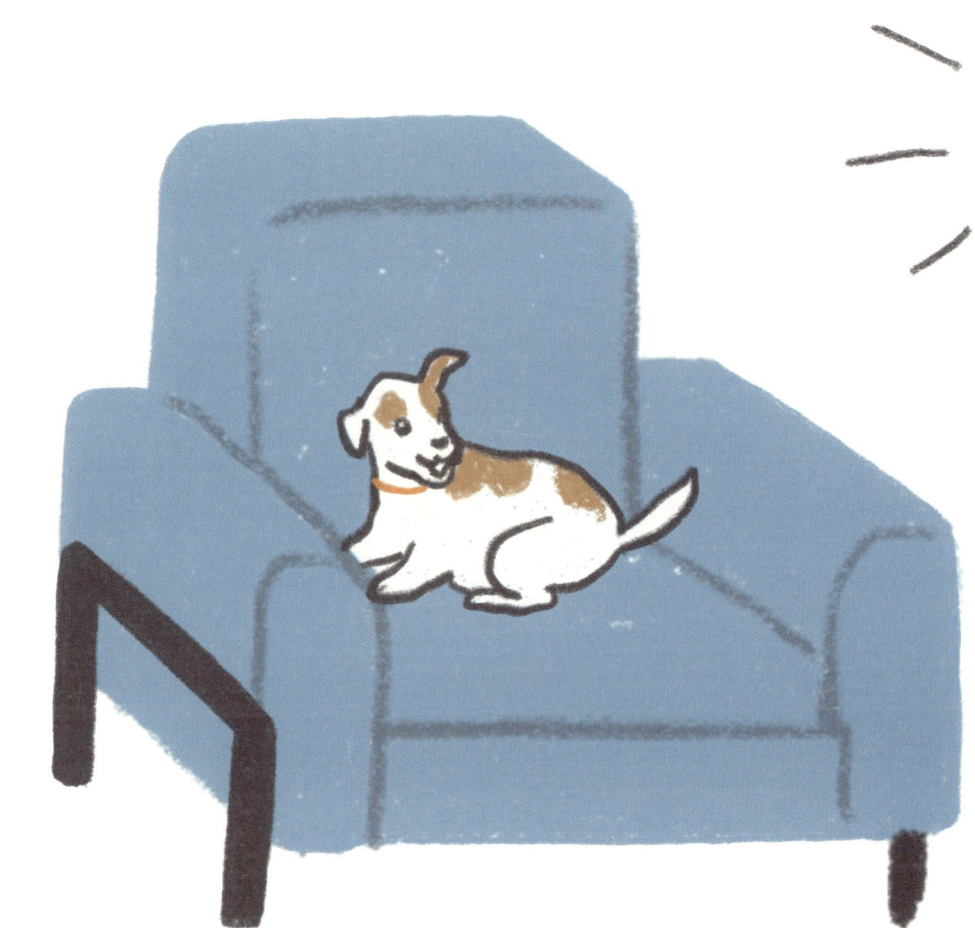

멀리서부터 걸어오는 당신을 알아차리고

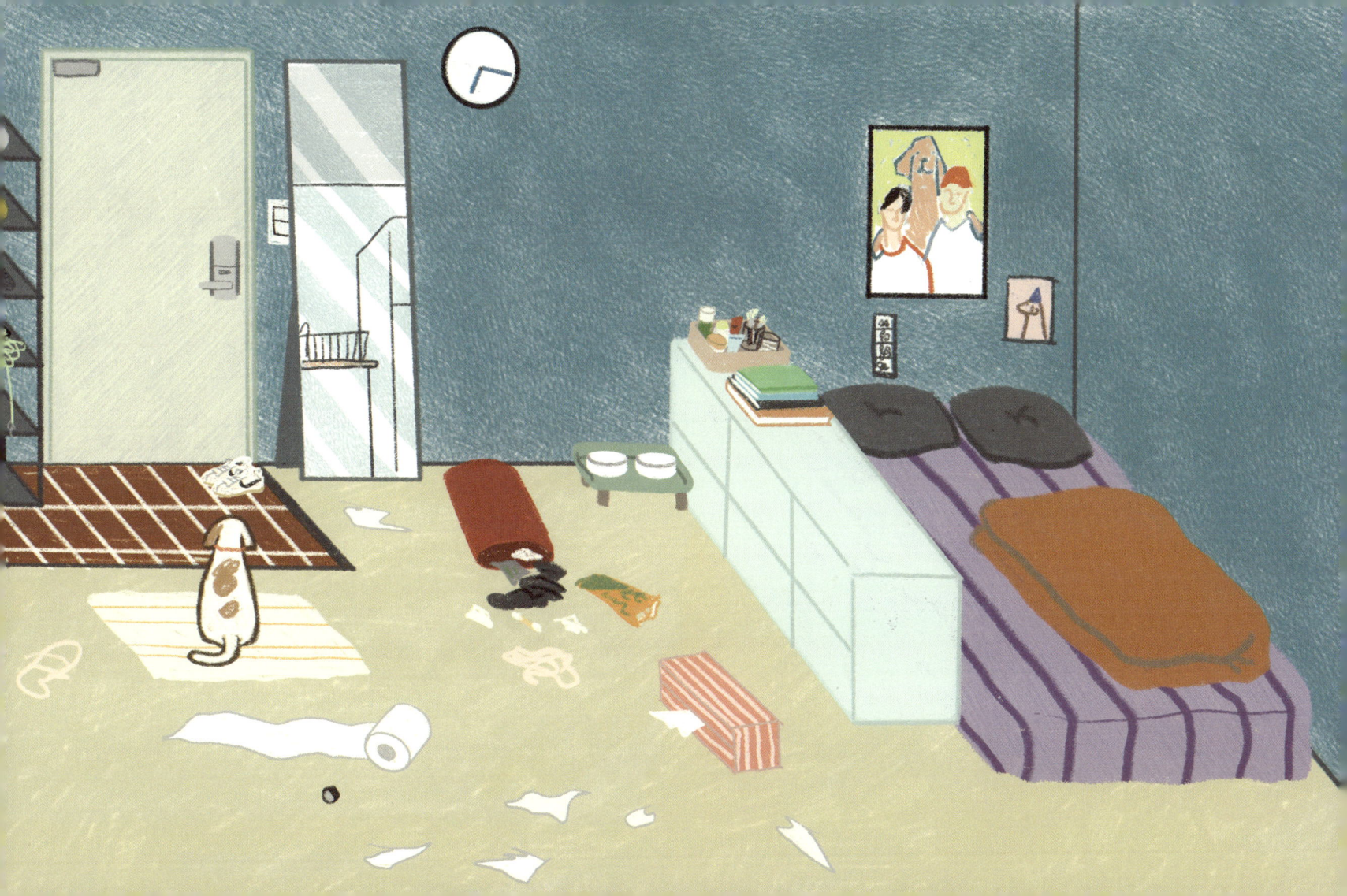

입꼬리가 씰룩대요.

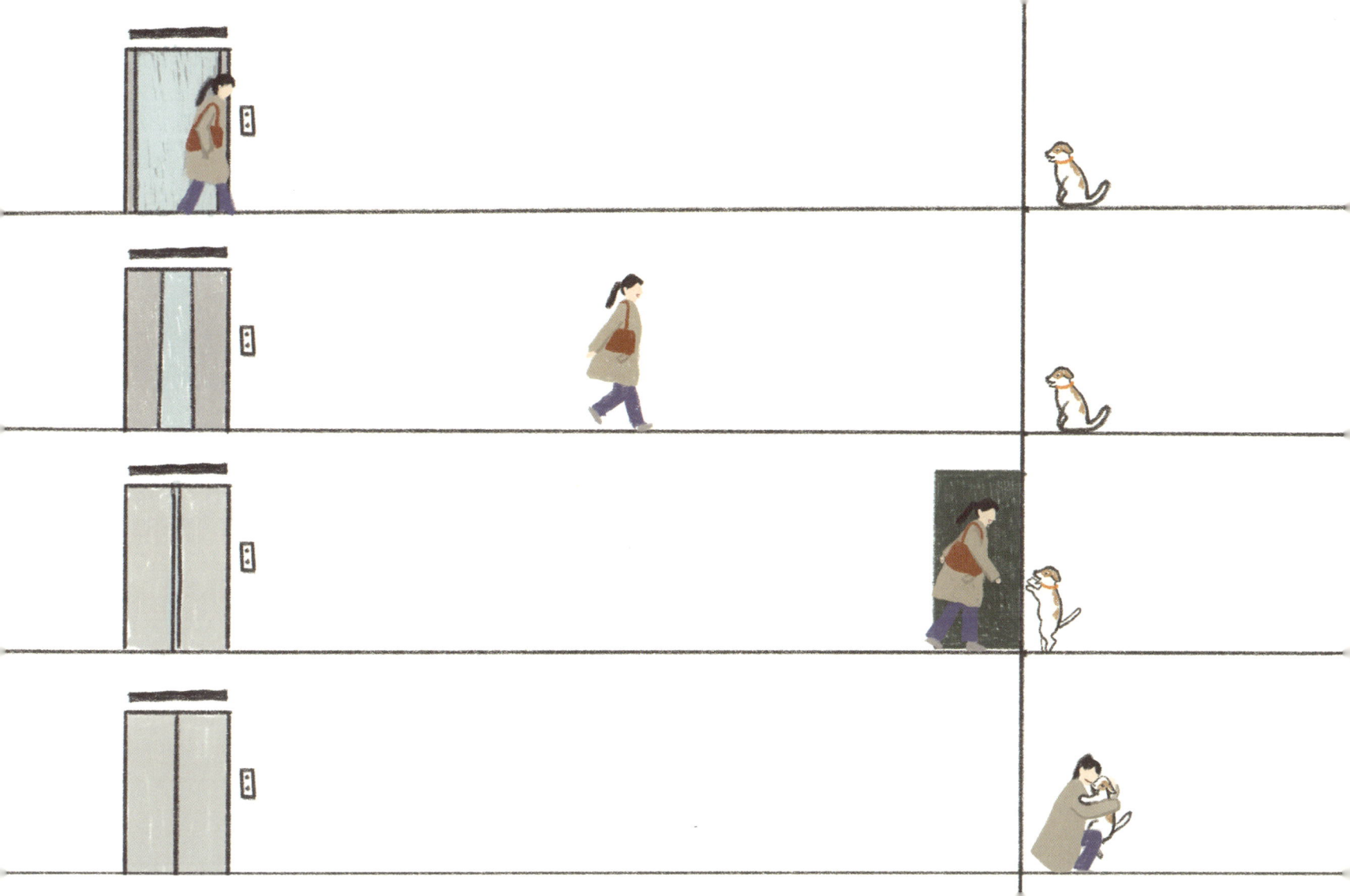

잠든 당신의 발바닥이 귀엽게 느껴지고

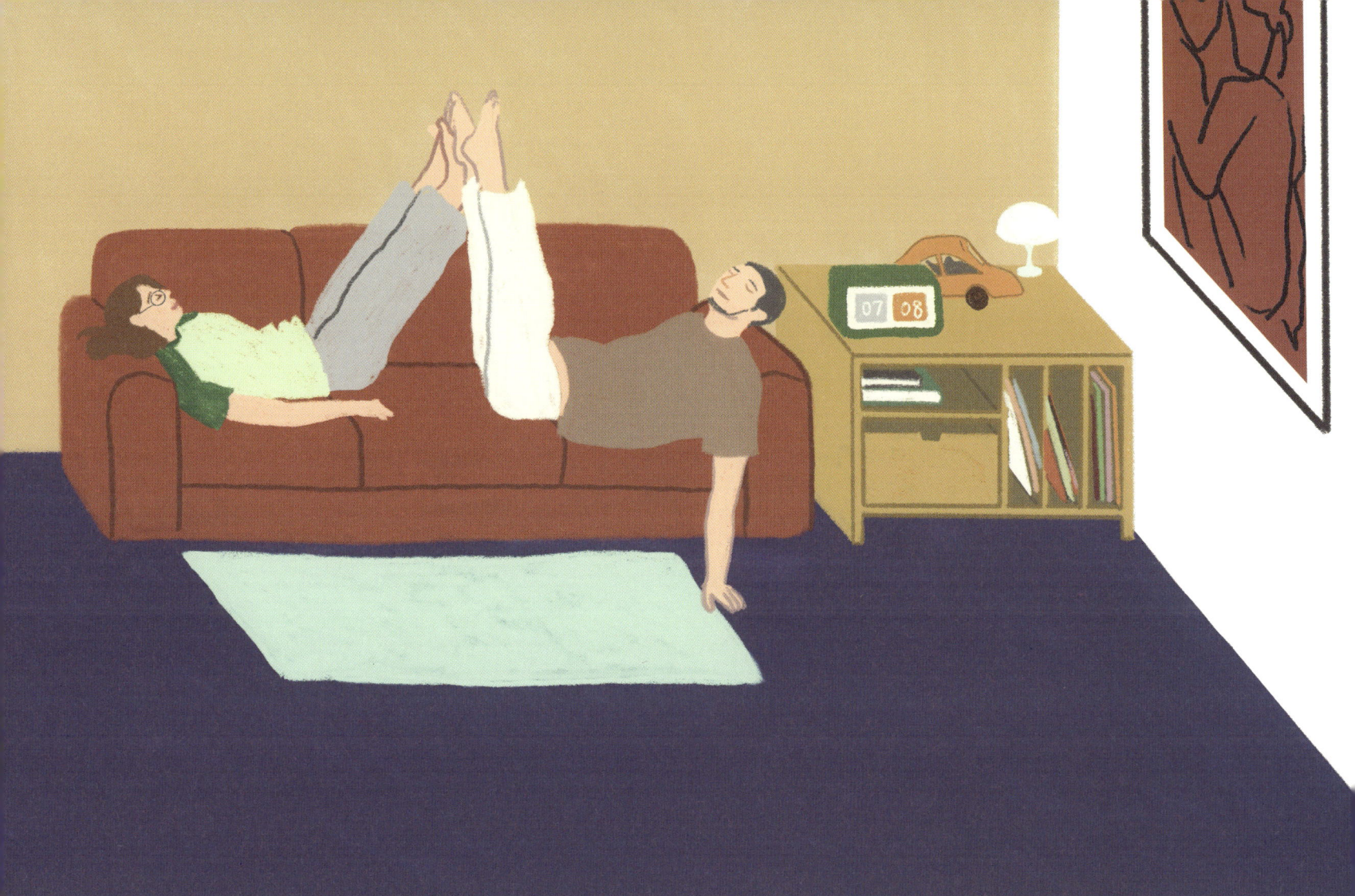

자다가 나도 모르게 손을 잡고 싶어져요.

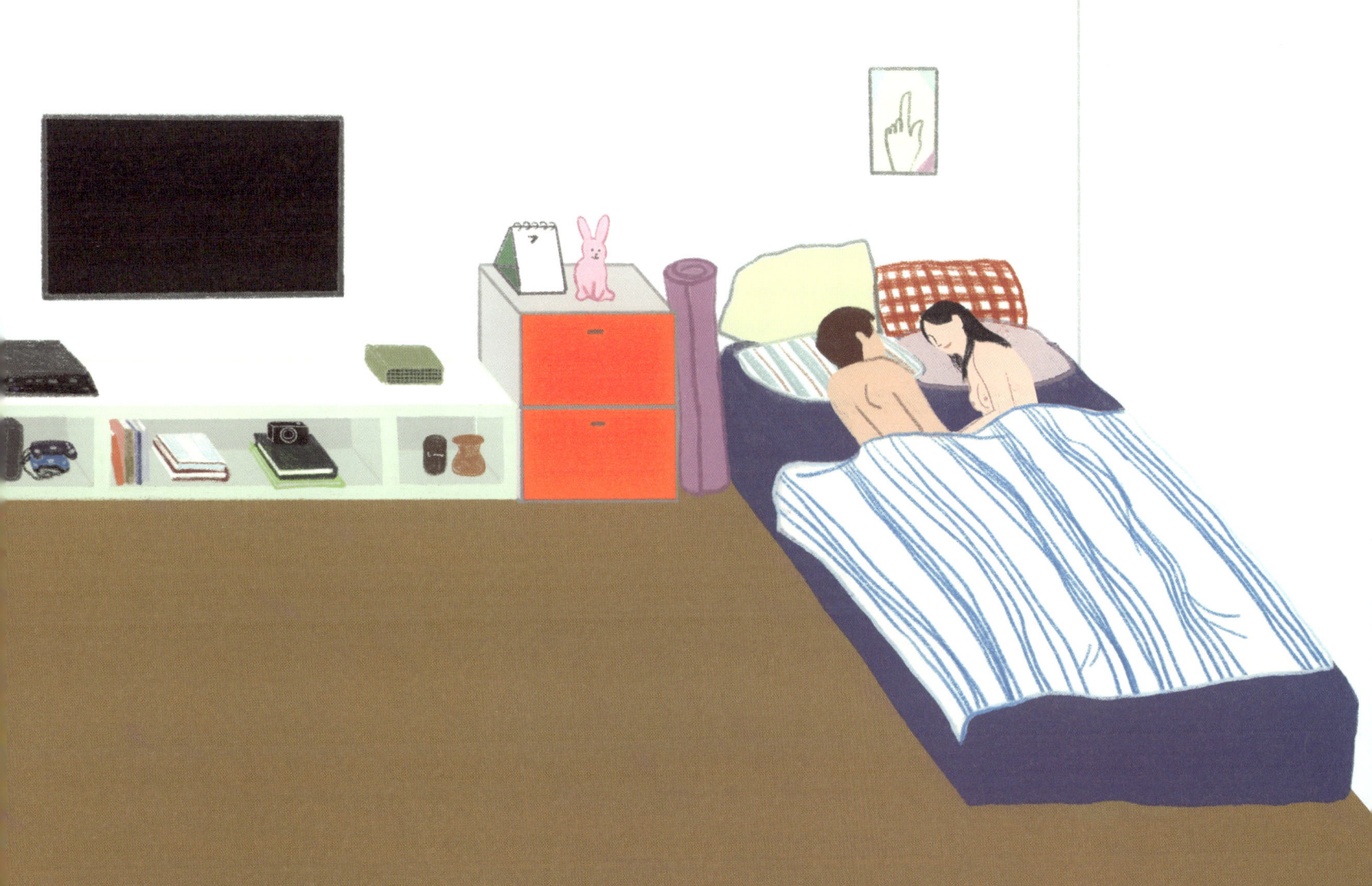

사랑은, 보고 있어도 보고 싶은 거예요.

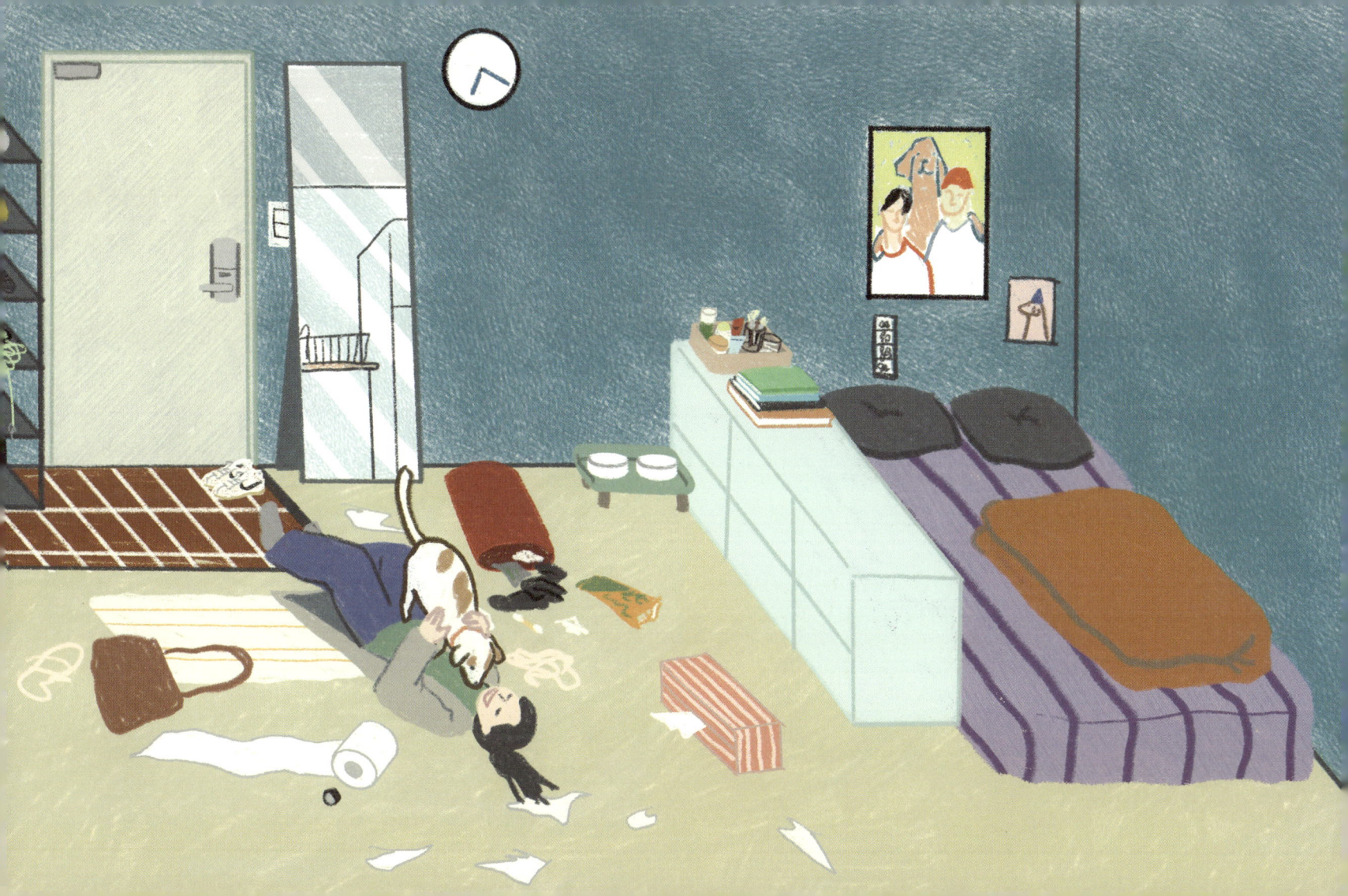

#7

안

부

당신의 모든 순간이 궁금해요.

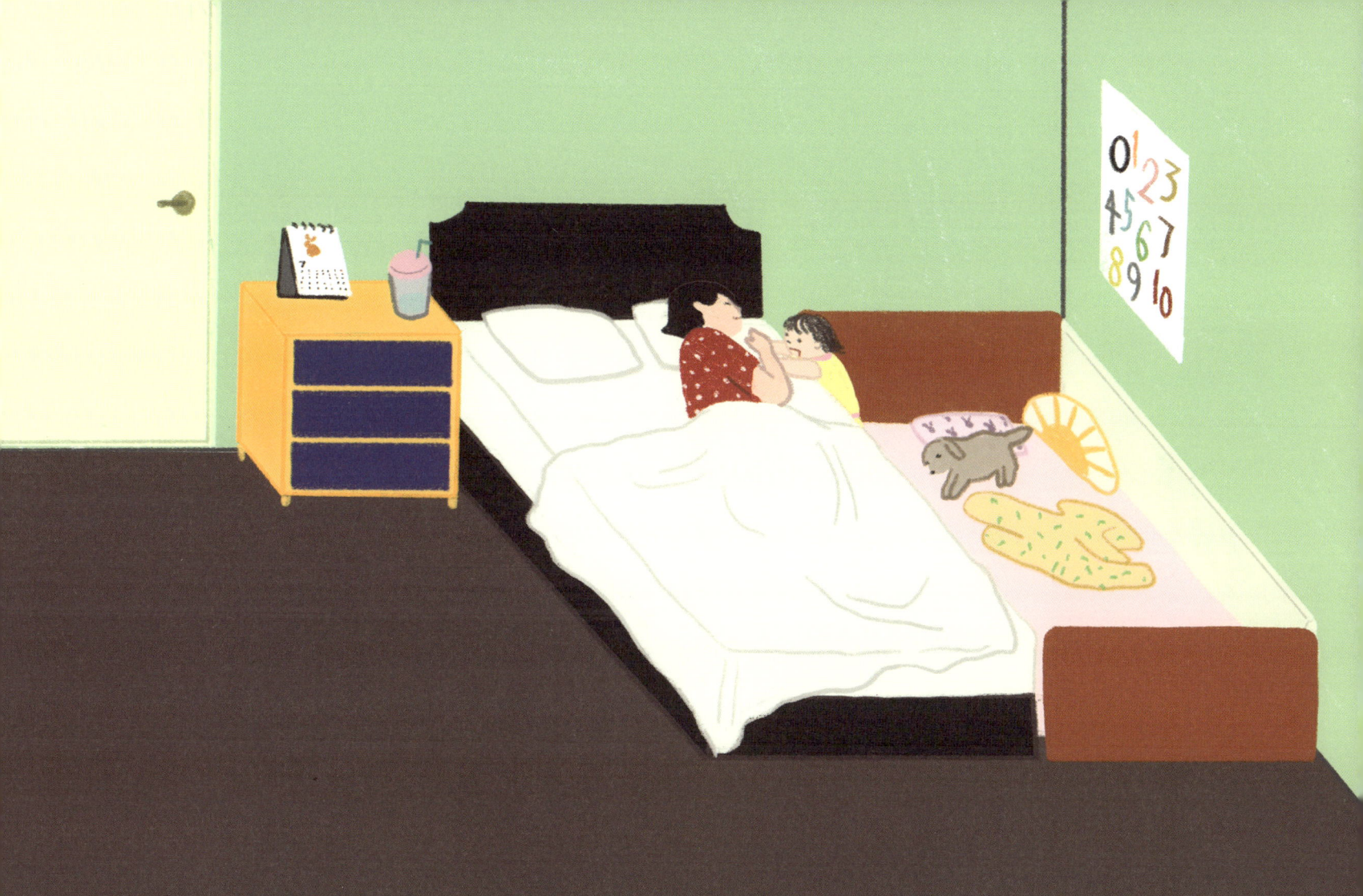

출근은 무사히 잘 했는지

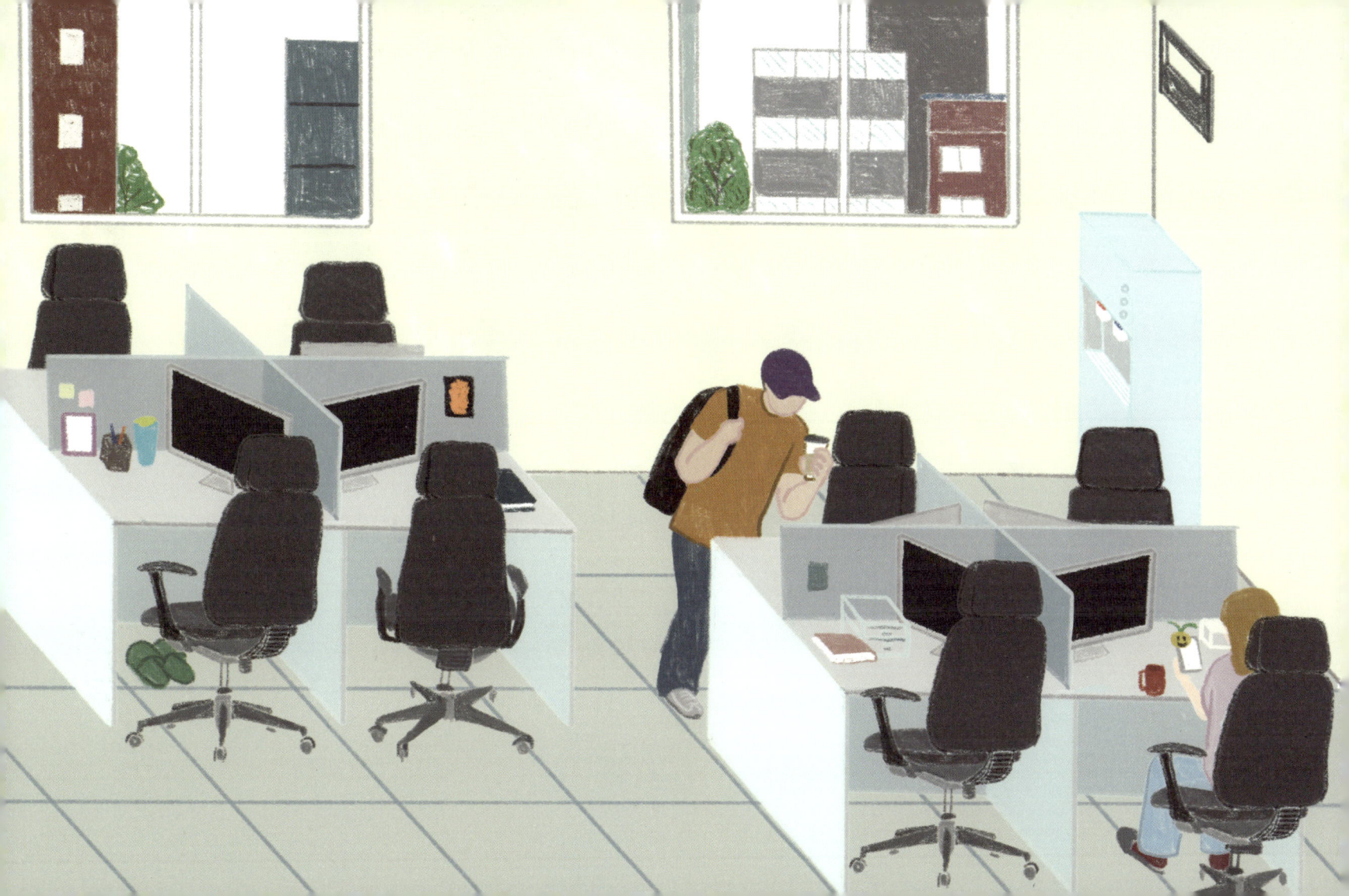

점심은 무엇을 먹었는지

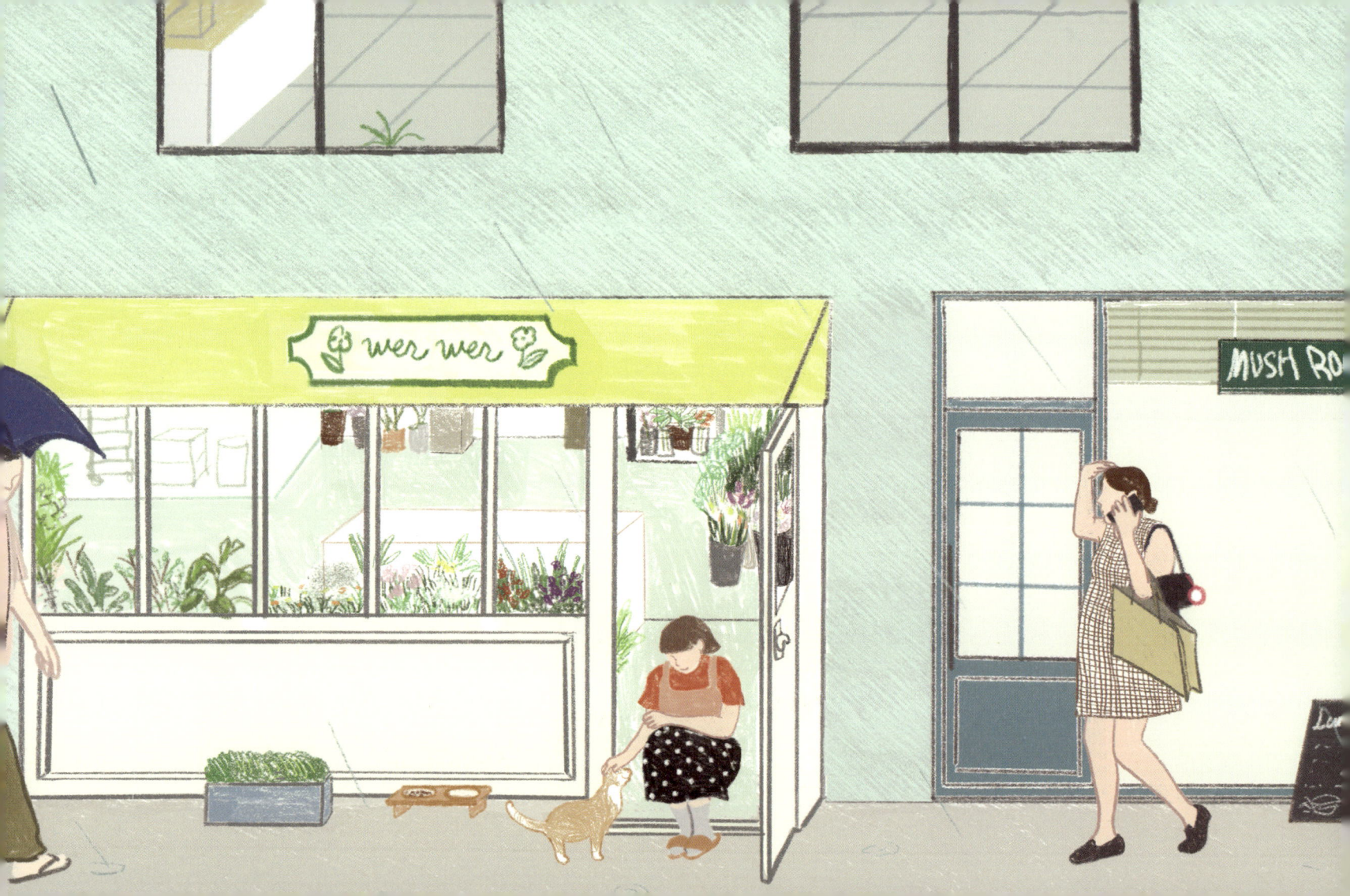

사소한 한마디도 놓치고 싶지 않죠.

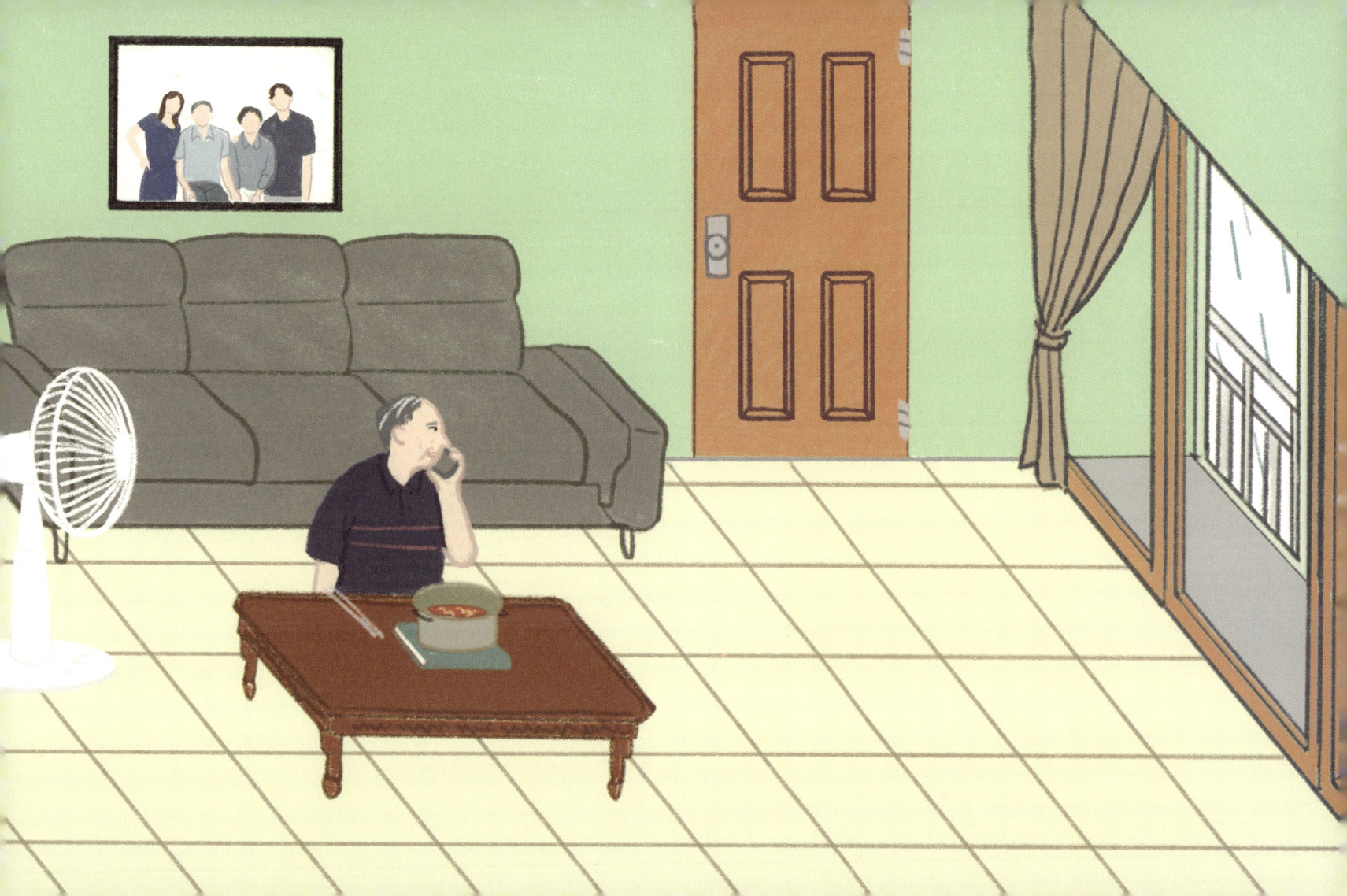

화 해 #8

축을 만큼 읽다가도

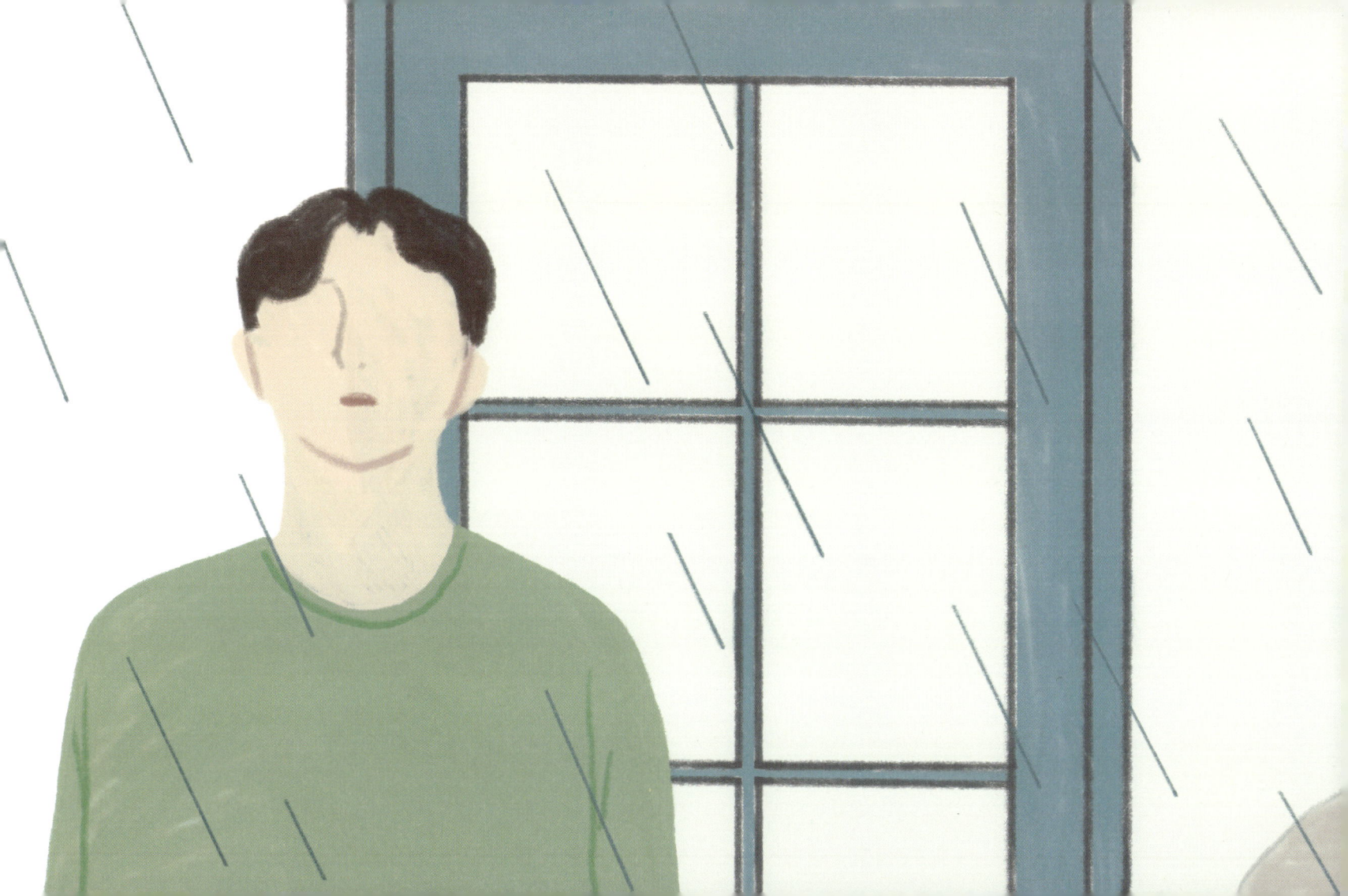

나도 모르게 당신과 했던 약속이 떠올라요.

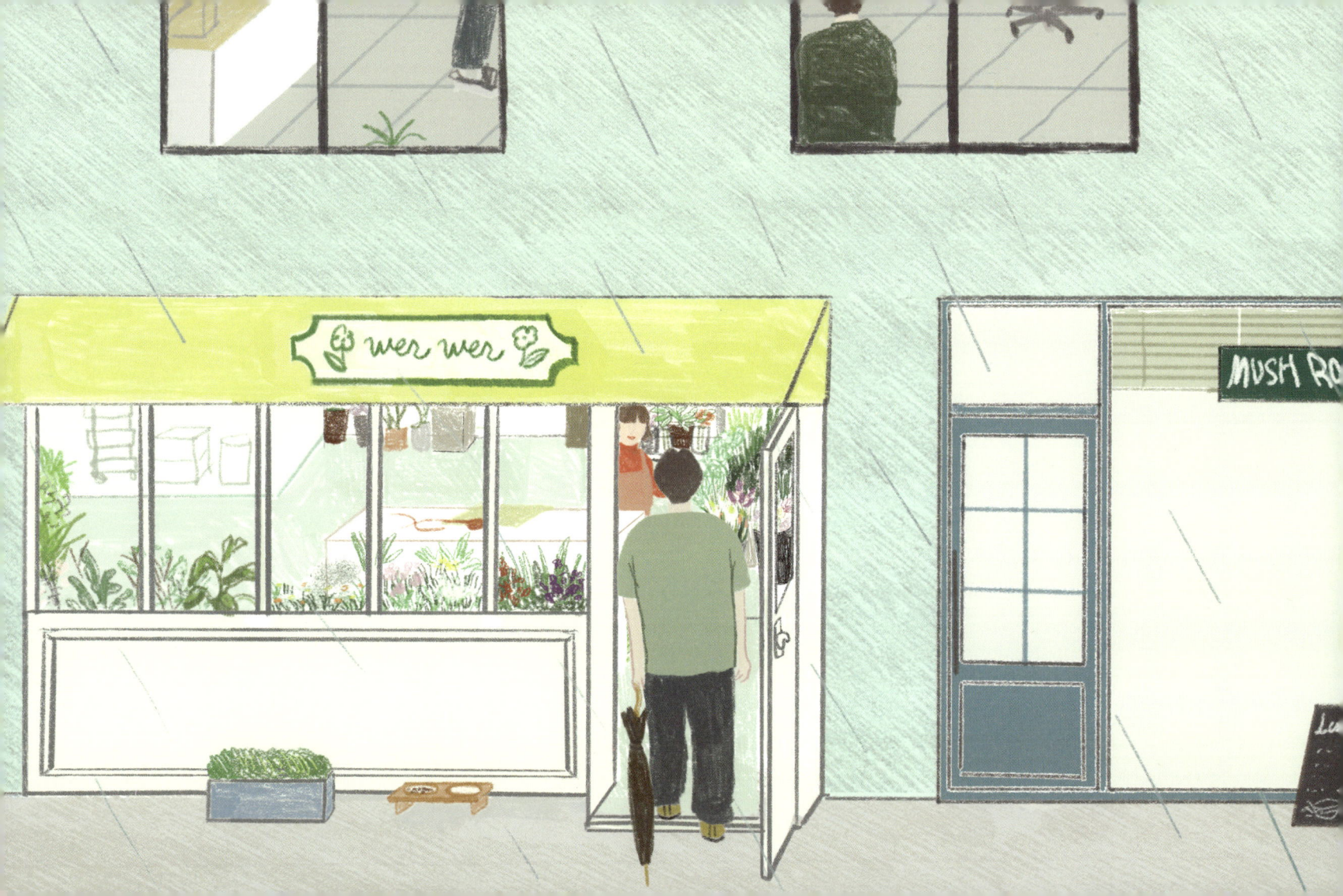

내가 주고 싶은 것보다

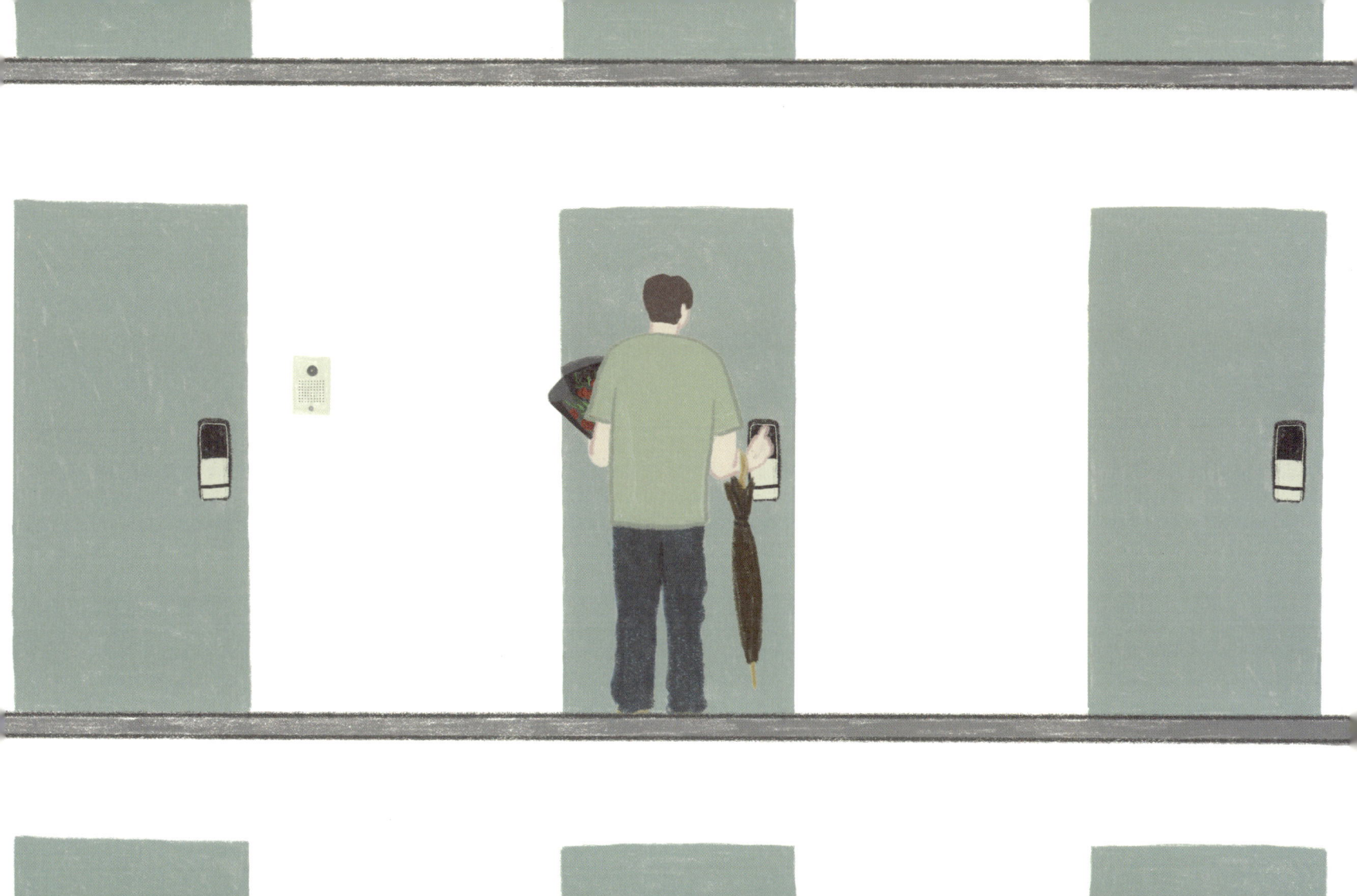

당신이 원하는 걸 헤아리게 되죠.

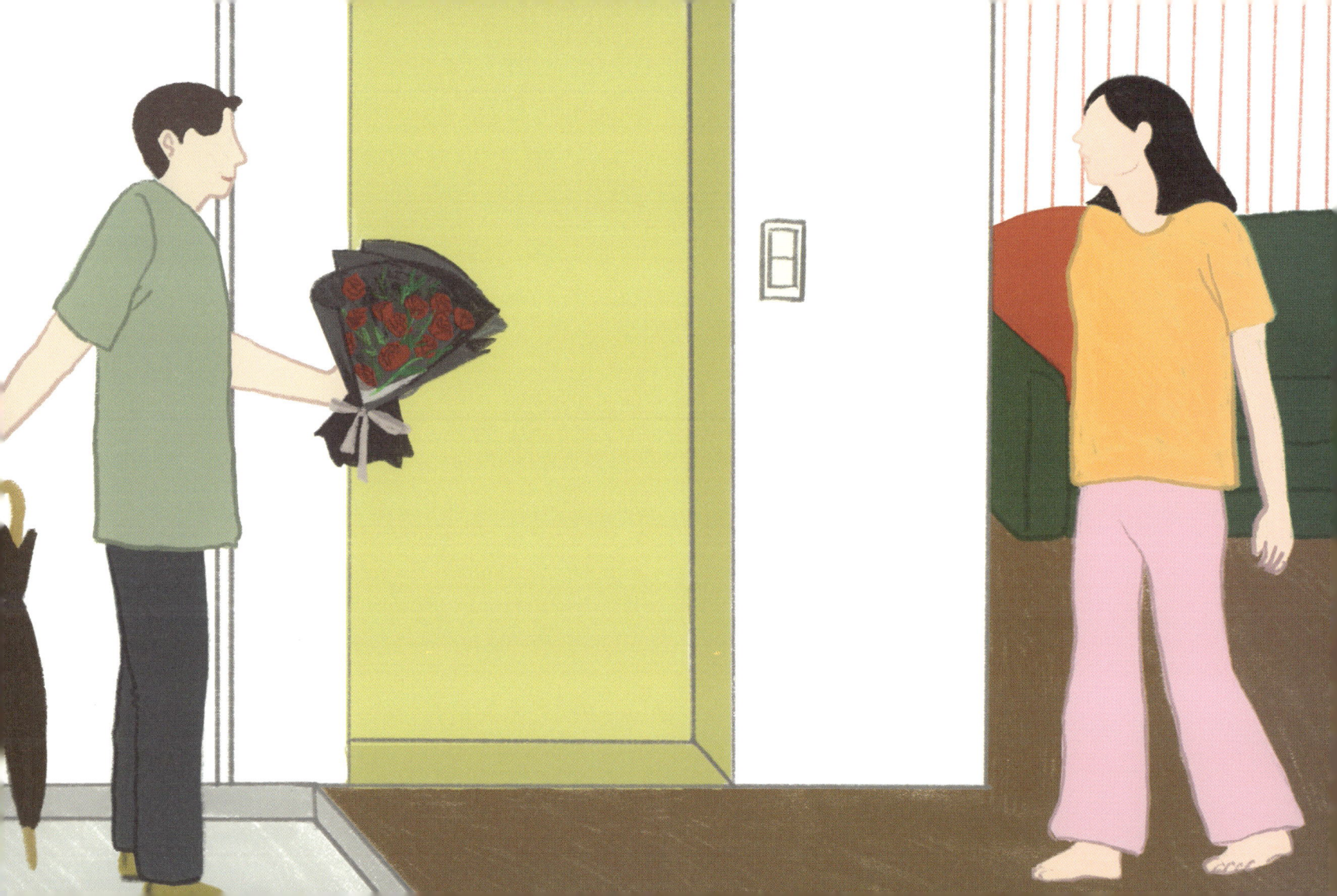

당신이 좋으면 나도 좋아요.

다른 이유는 없어요.

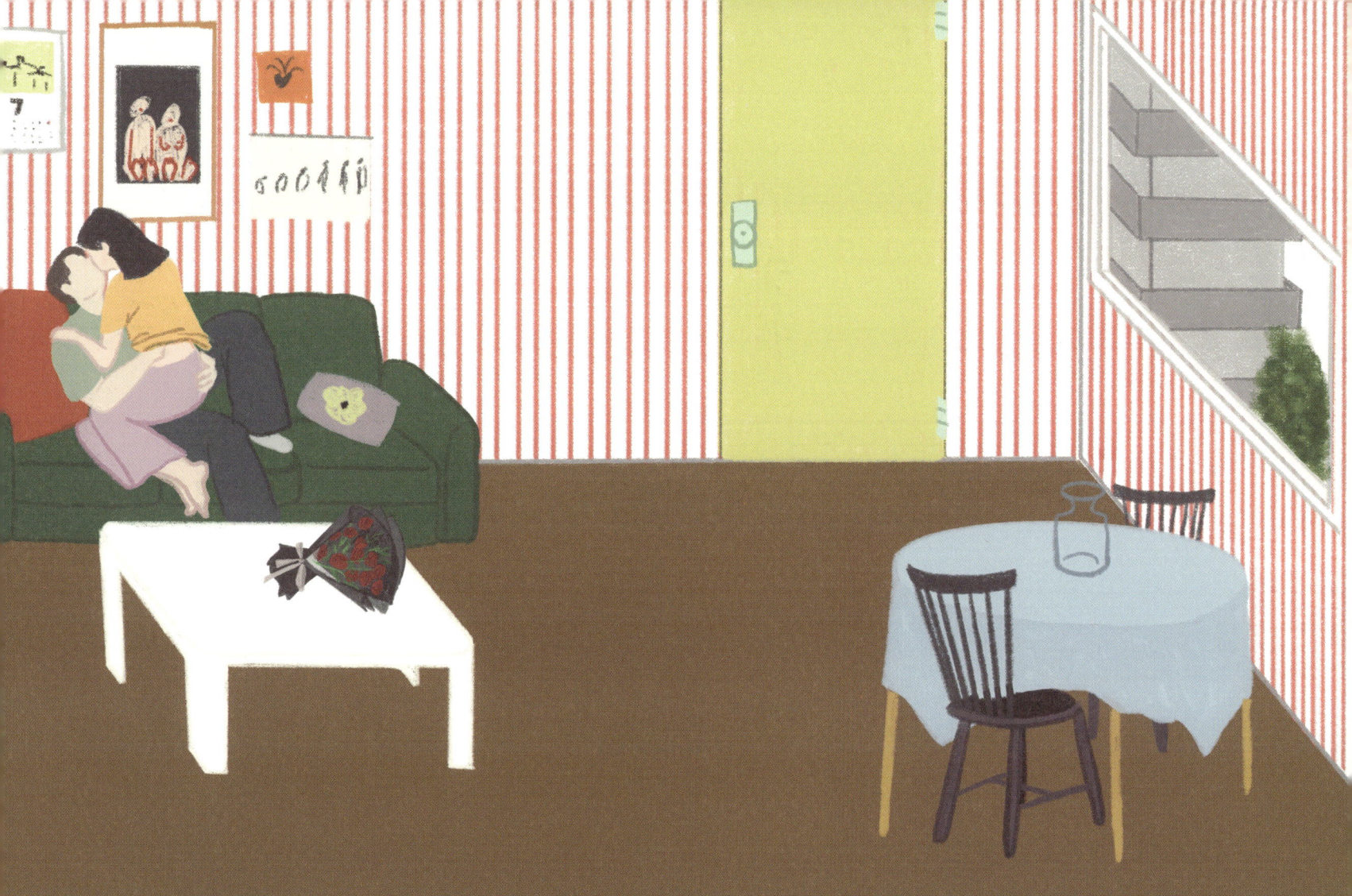

#9

후

회

어떤 기억은 시간이 지나도 지워지지 않고

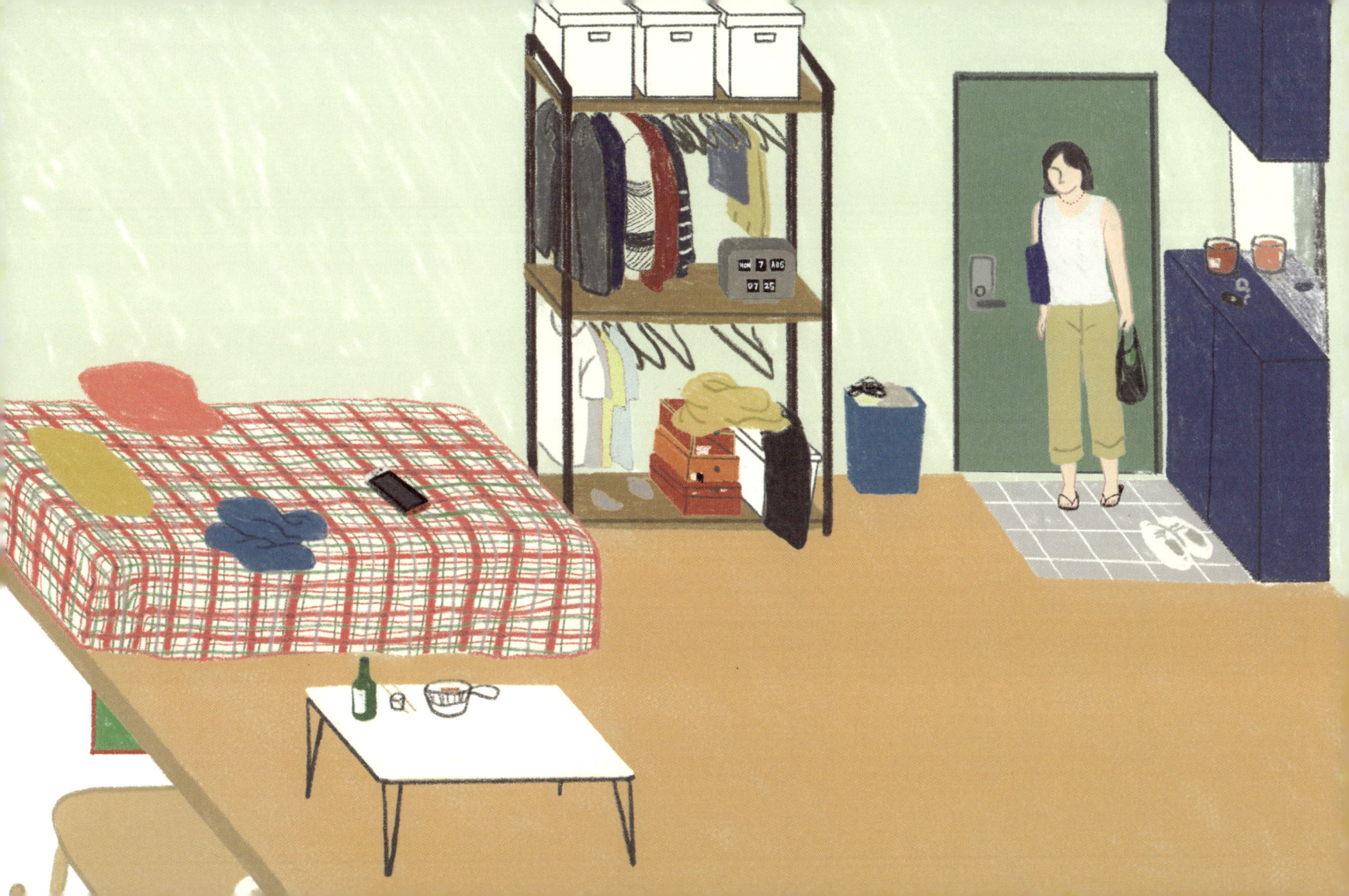

다시 돌아가고 싶지만 되돌리기에는 이미 늦었음을 알죠.

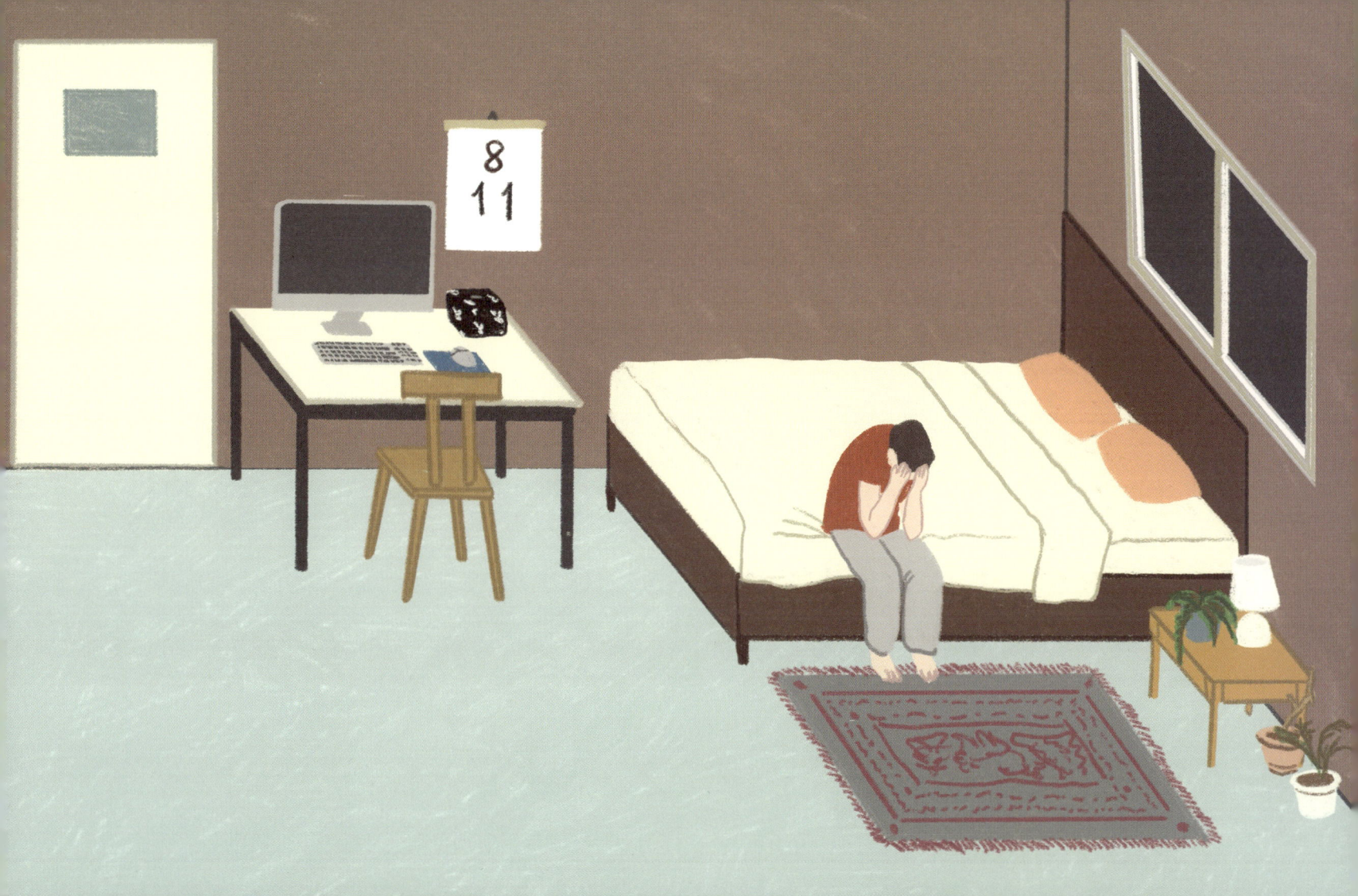

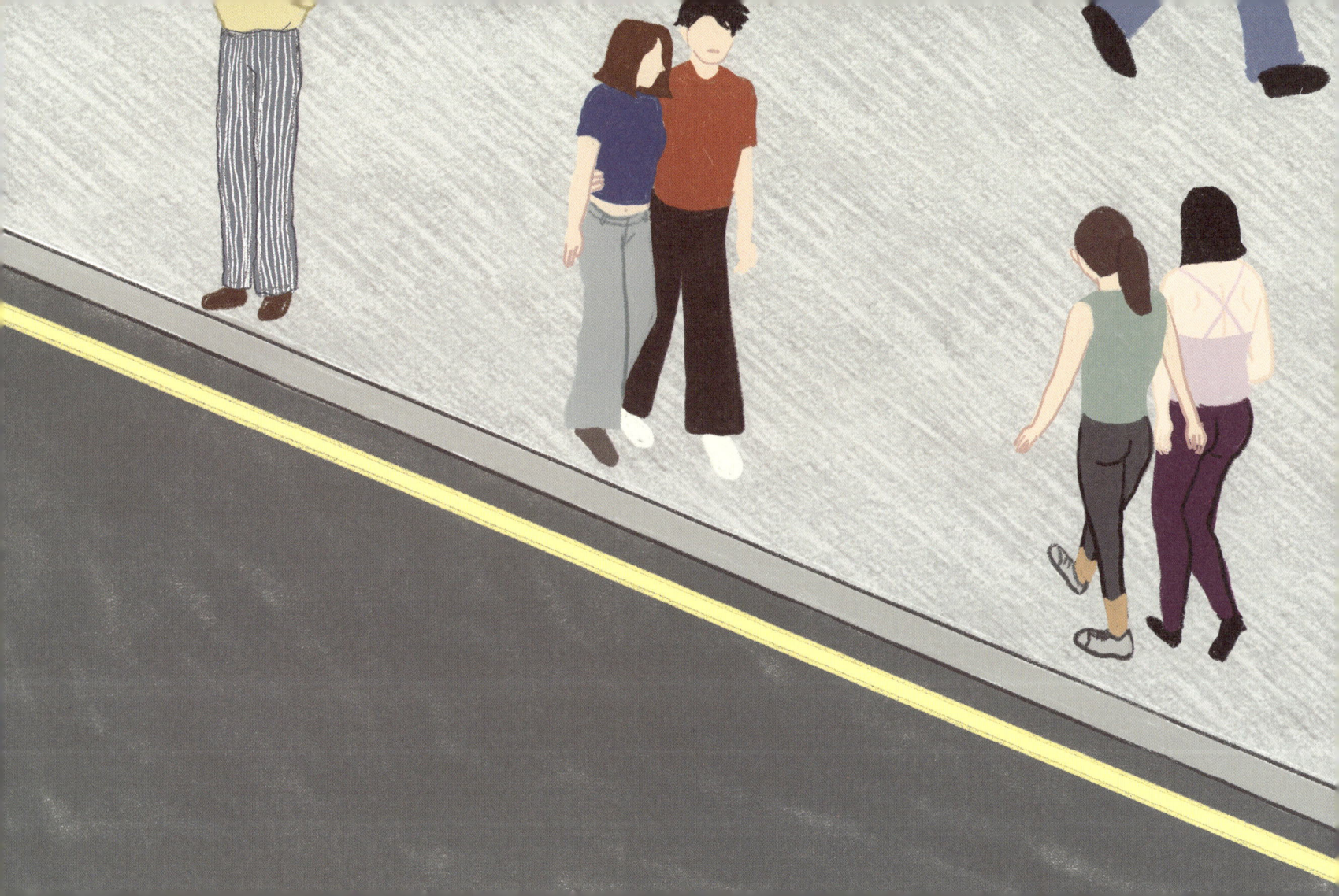

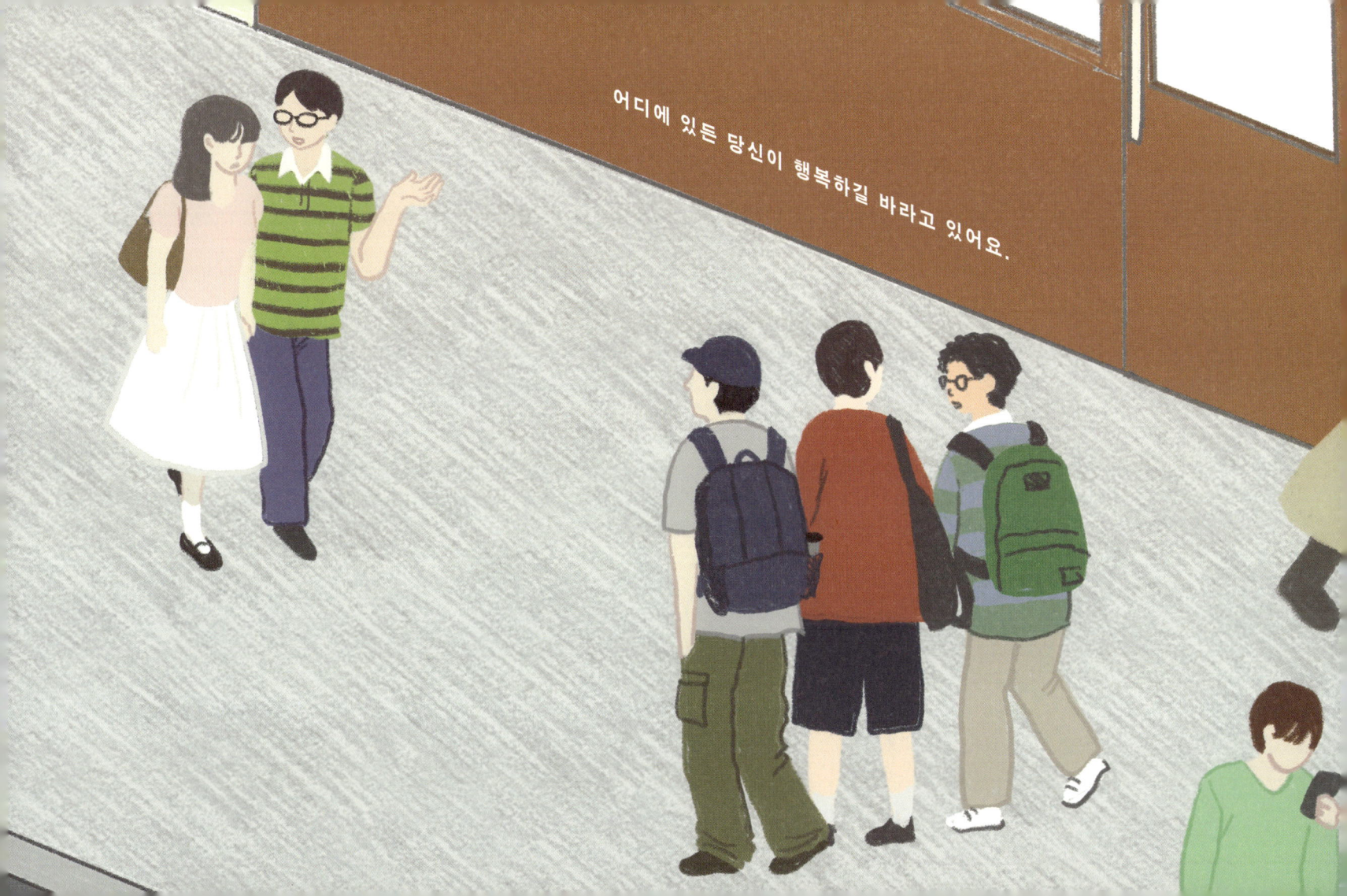

어디에 있든 당신이 행복하길 바라고 있어요.

모든 것이 다 변해도 사랑은 계속되니까요.

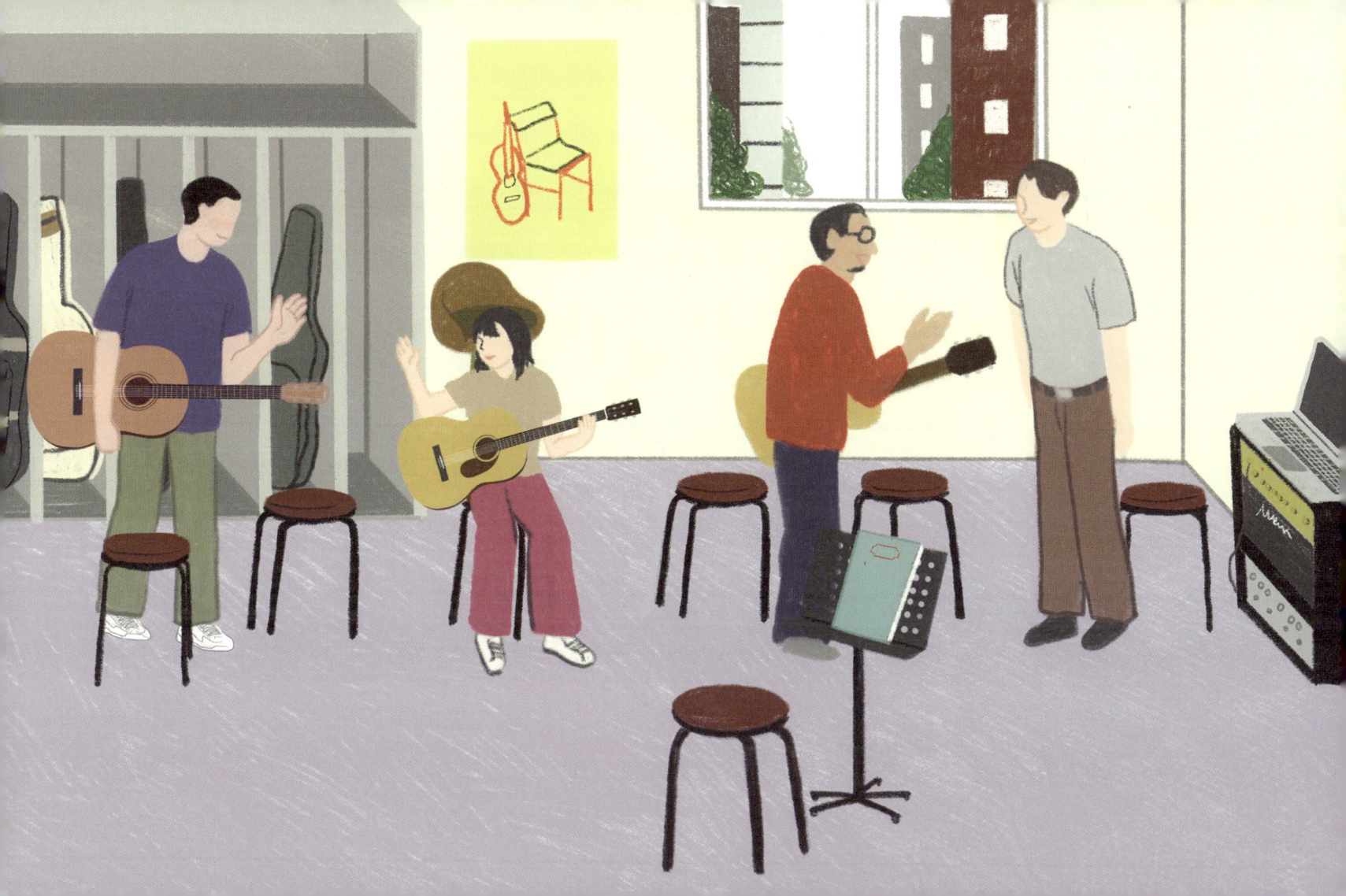

고 | 백

#10

귀여운 외모와 말투 때문에 당신을 사랑해요.

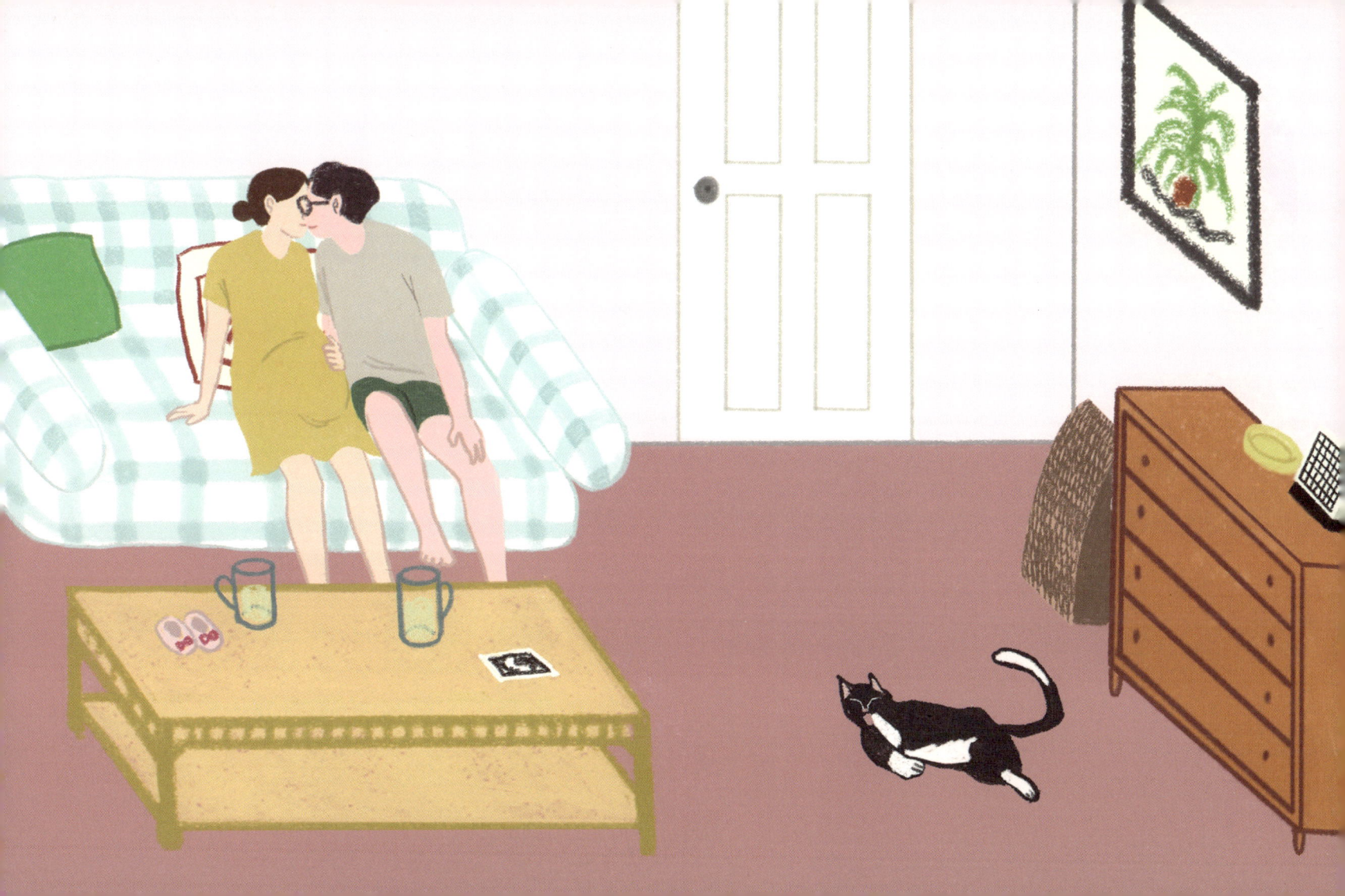

예측 불가의 엉뚱함 때문에 당신을 사랑하고

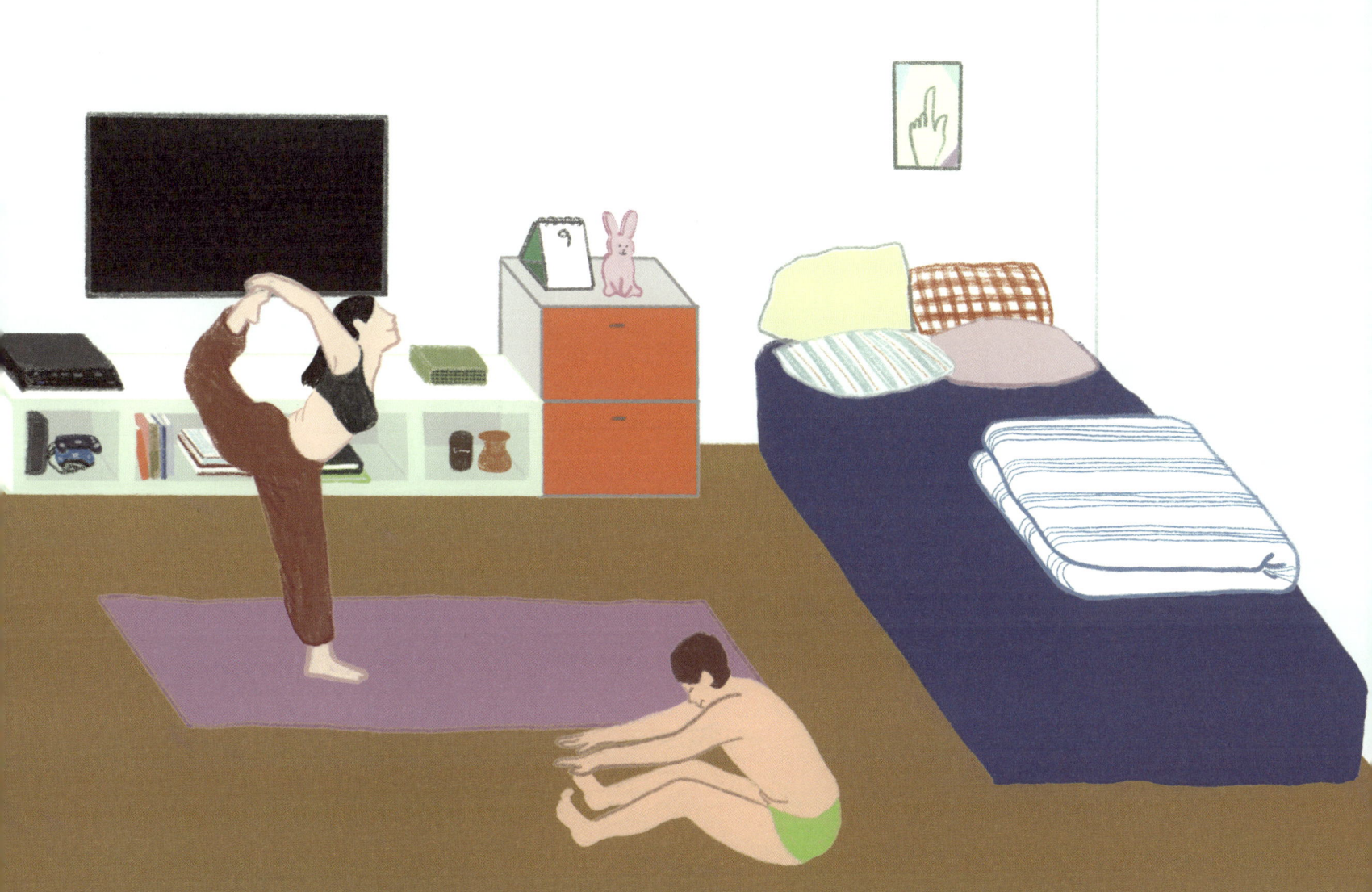

그런 당신과 늘 함께 있고 싶어요.

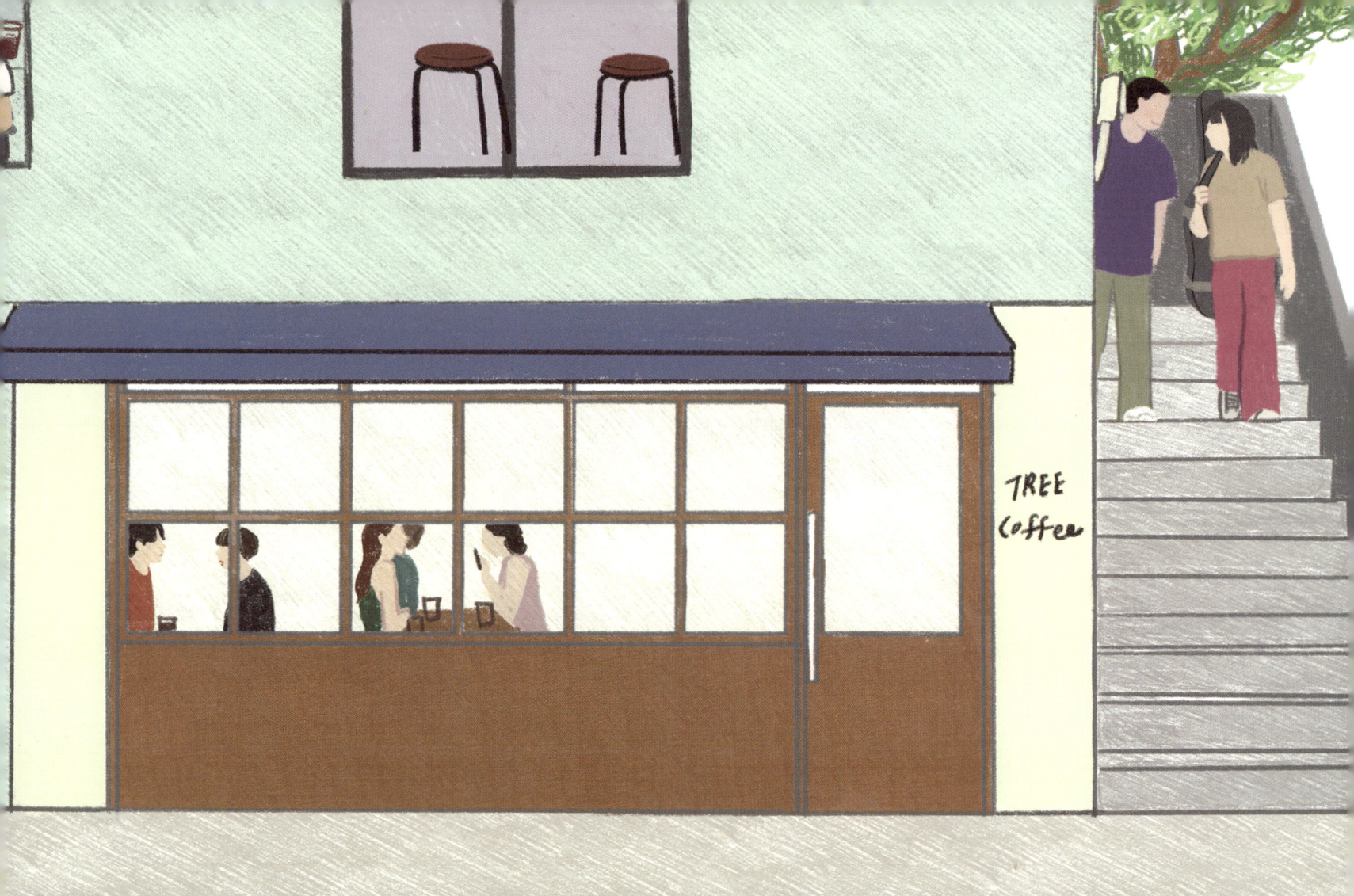

힘들고 지치는 순간이 우리 곁을 찾아와도

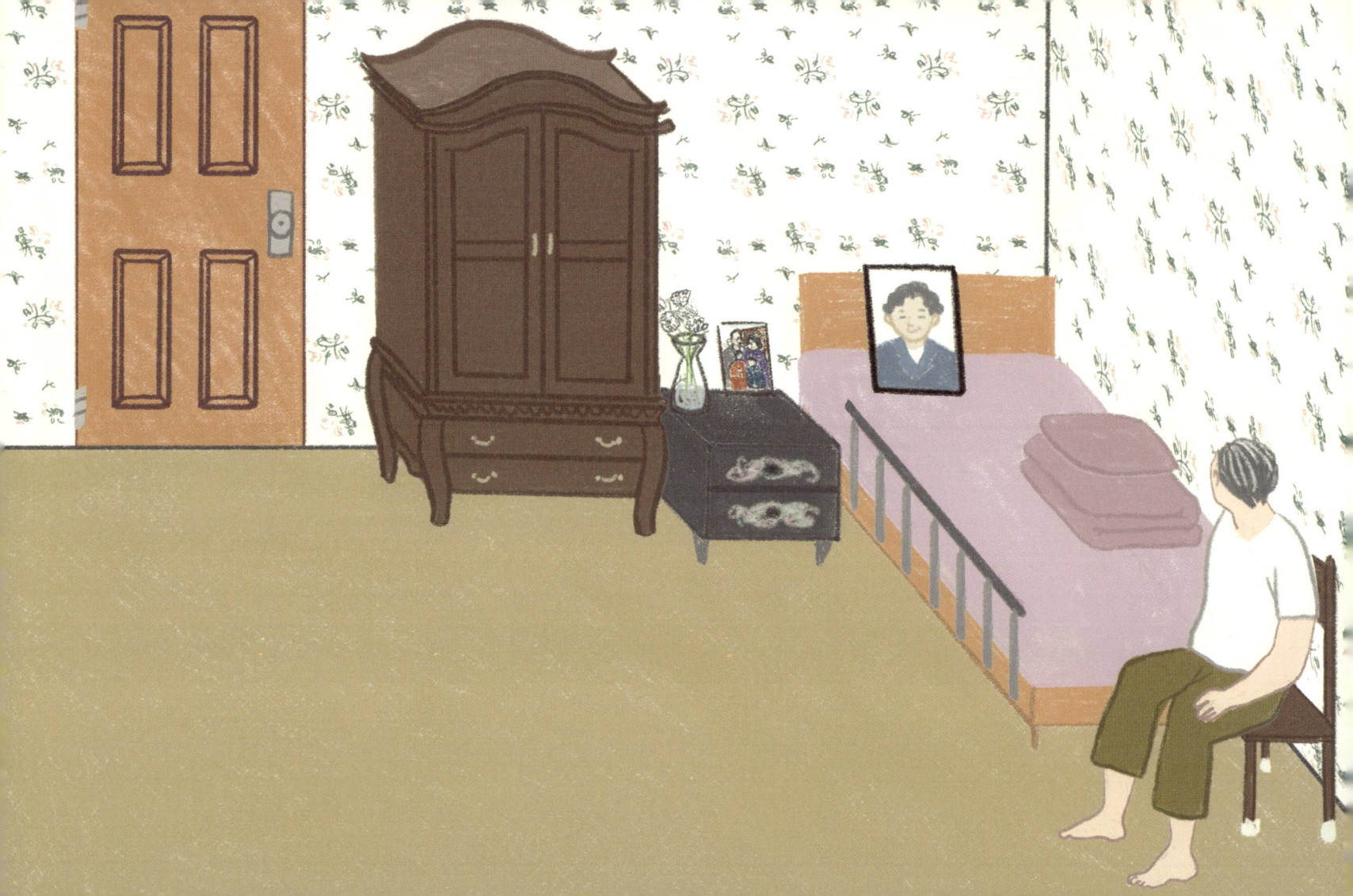

변함없이 당신을 사랑할 거예요.

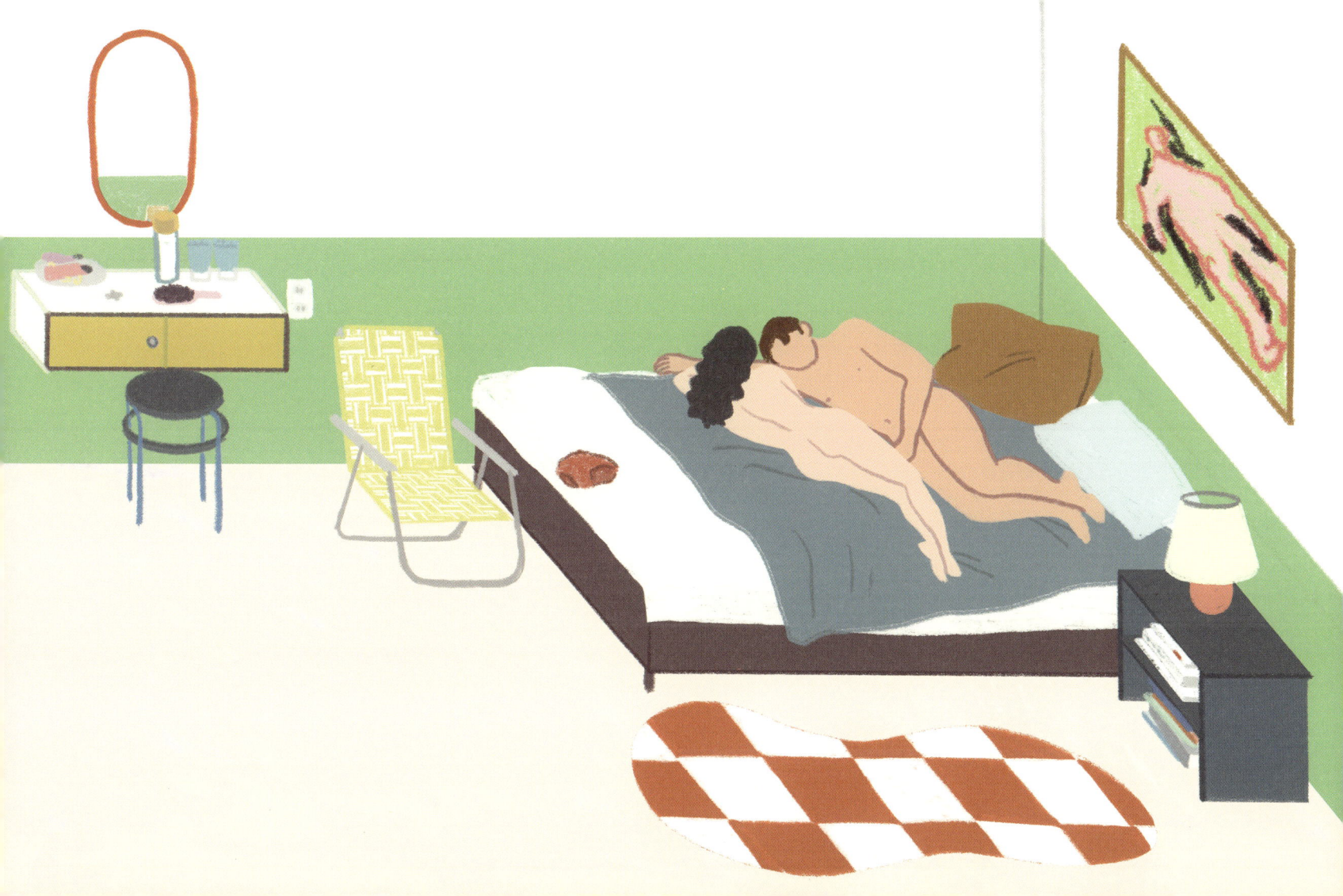

푸룬 주스를 먹고 요란하게 방귀를 뀌는 당신마저도 좋으니까요.

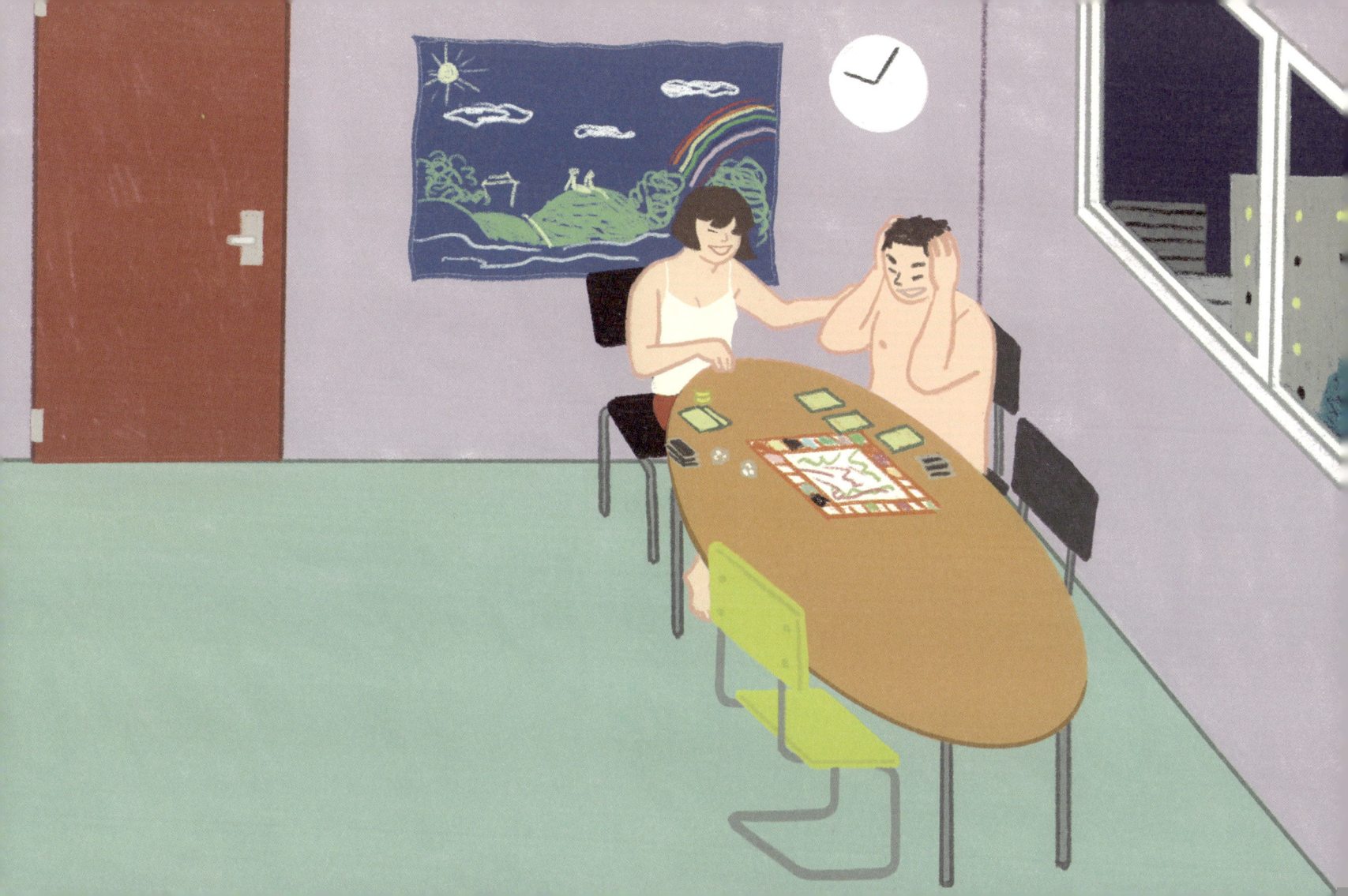

#11

기
꺼
이

당신의 인생이 나에게로 와서

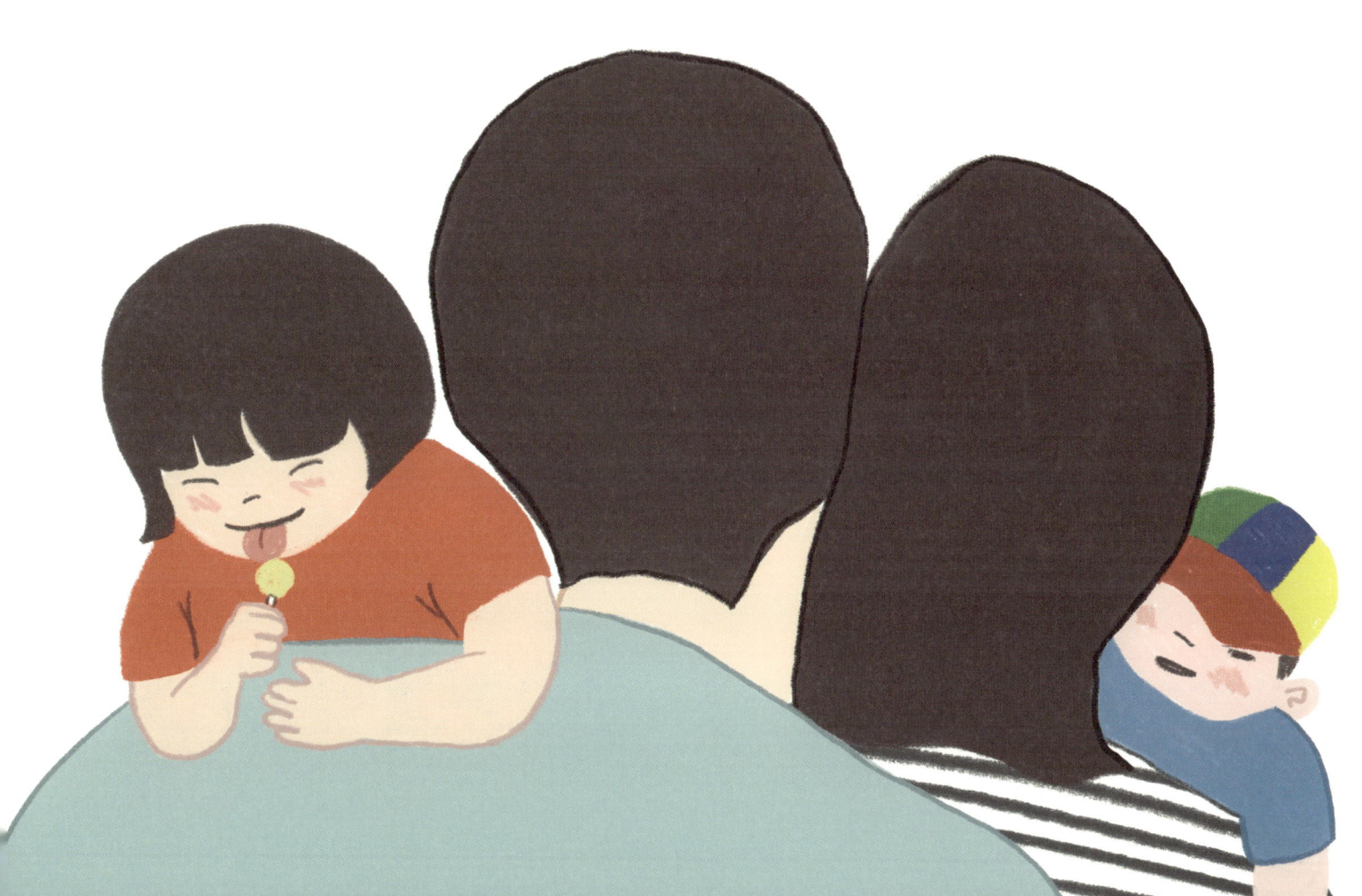

비로소 우리는 하나가 되어요.

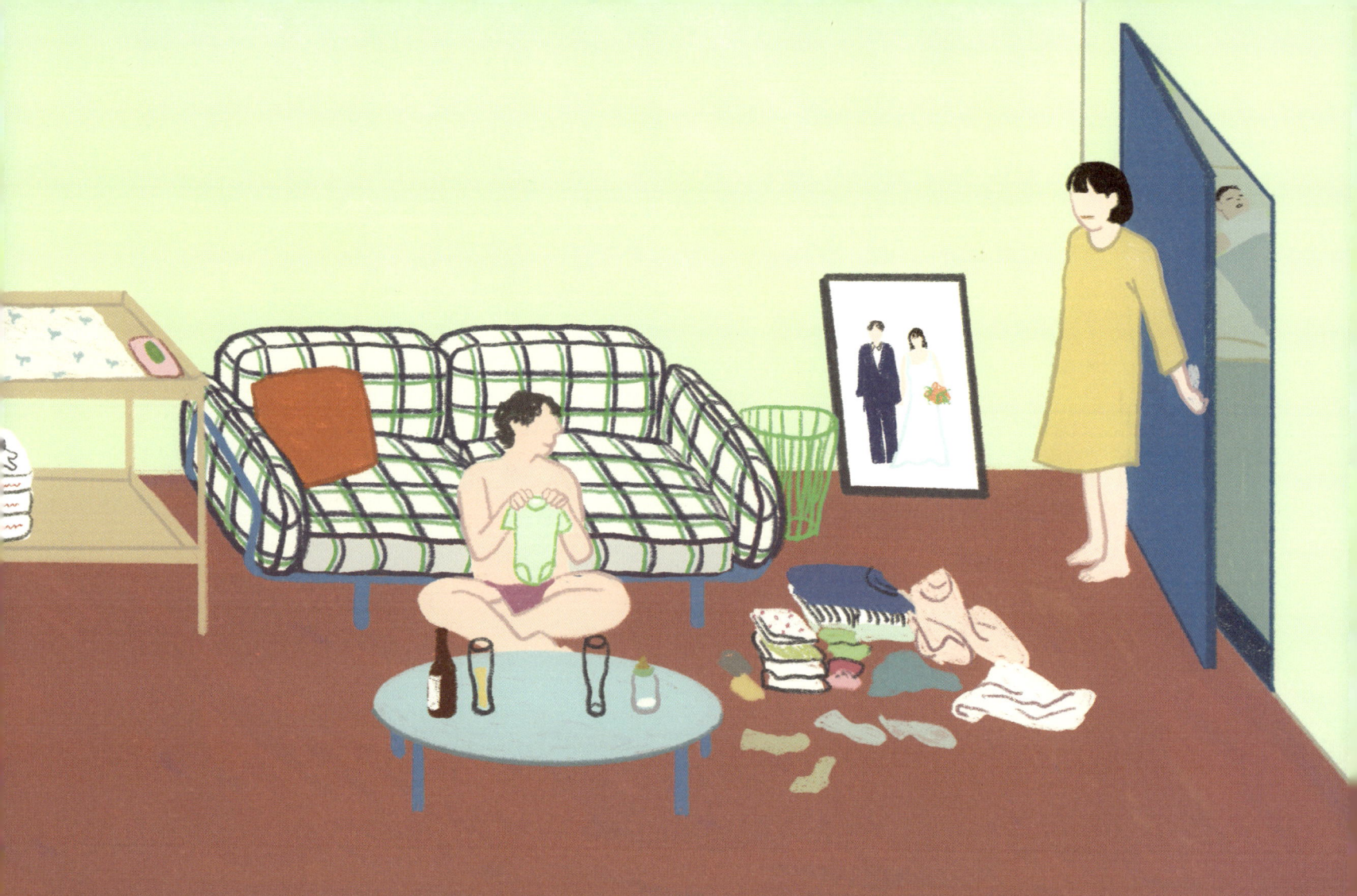

서로를 배려하며 노력을 아끼지 않죠.

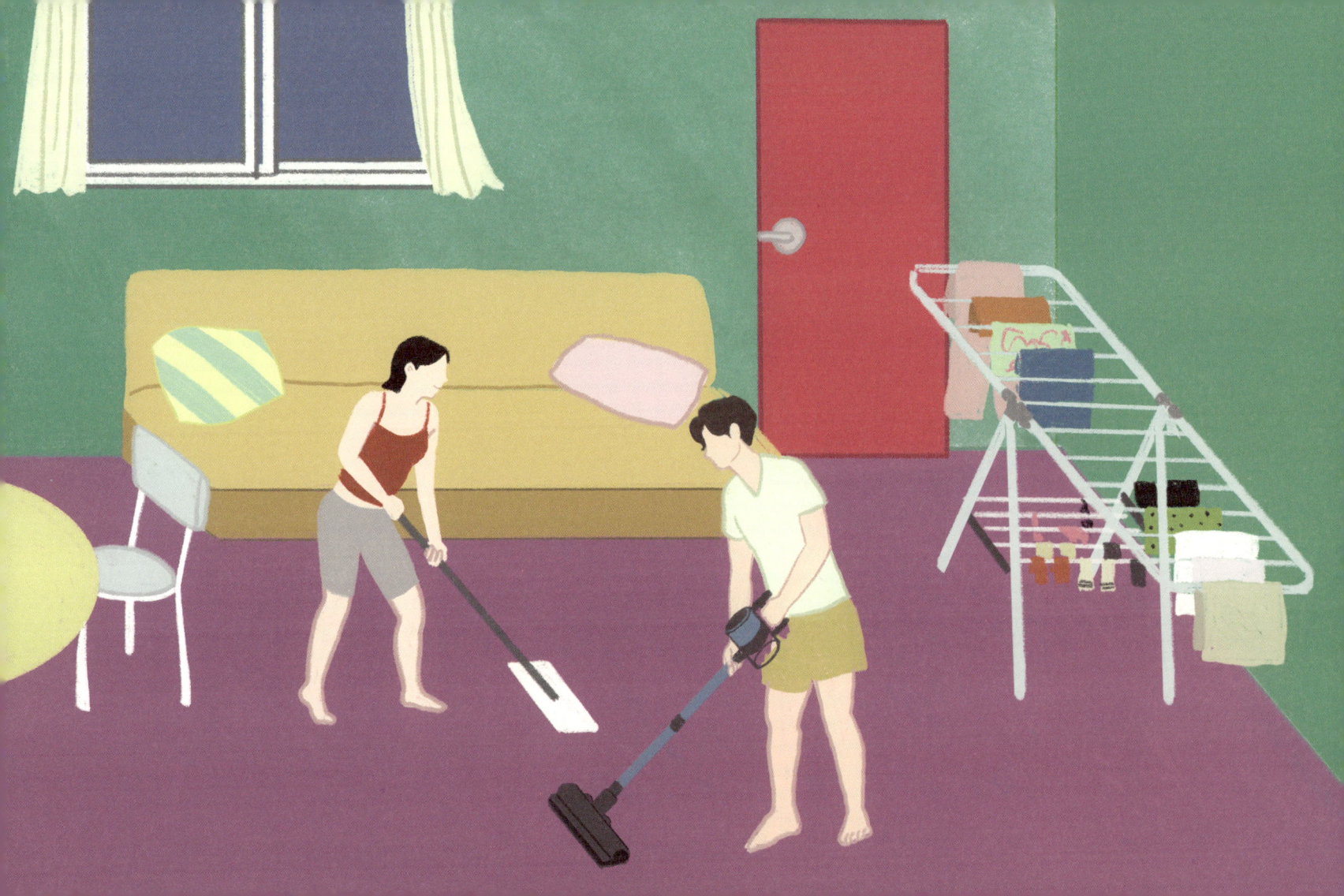

어떤 희생과

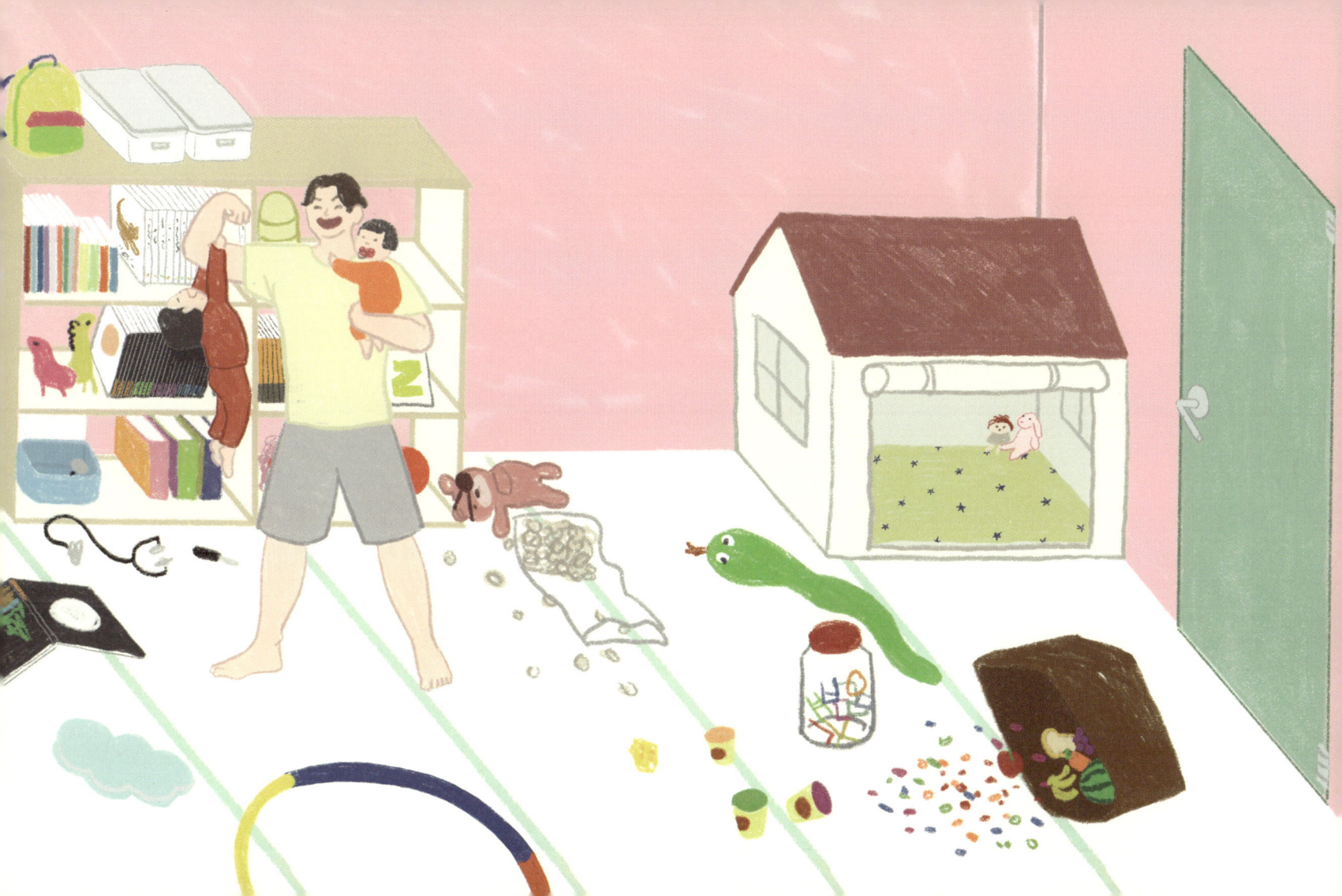

인내는

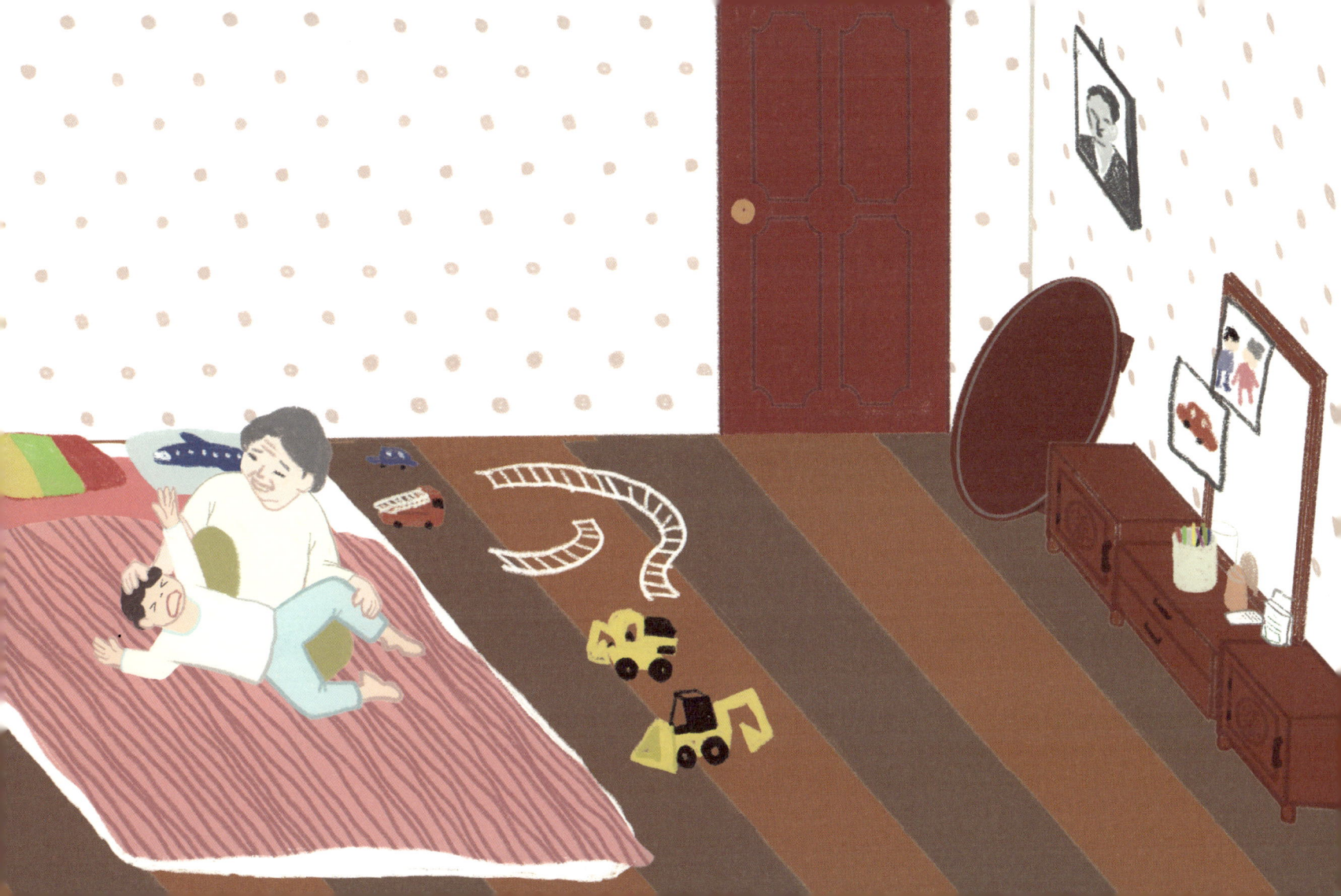

그 끝을 모르더라도 할 수밖에 없는 것처럼요.

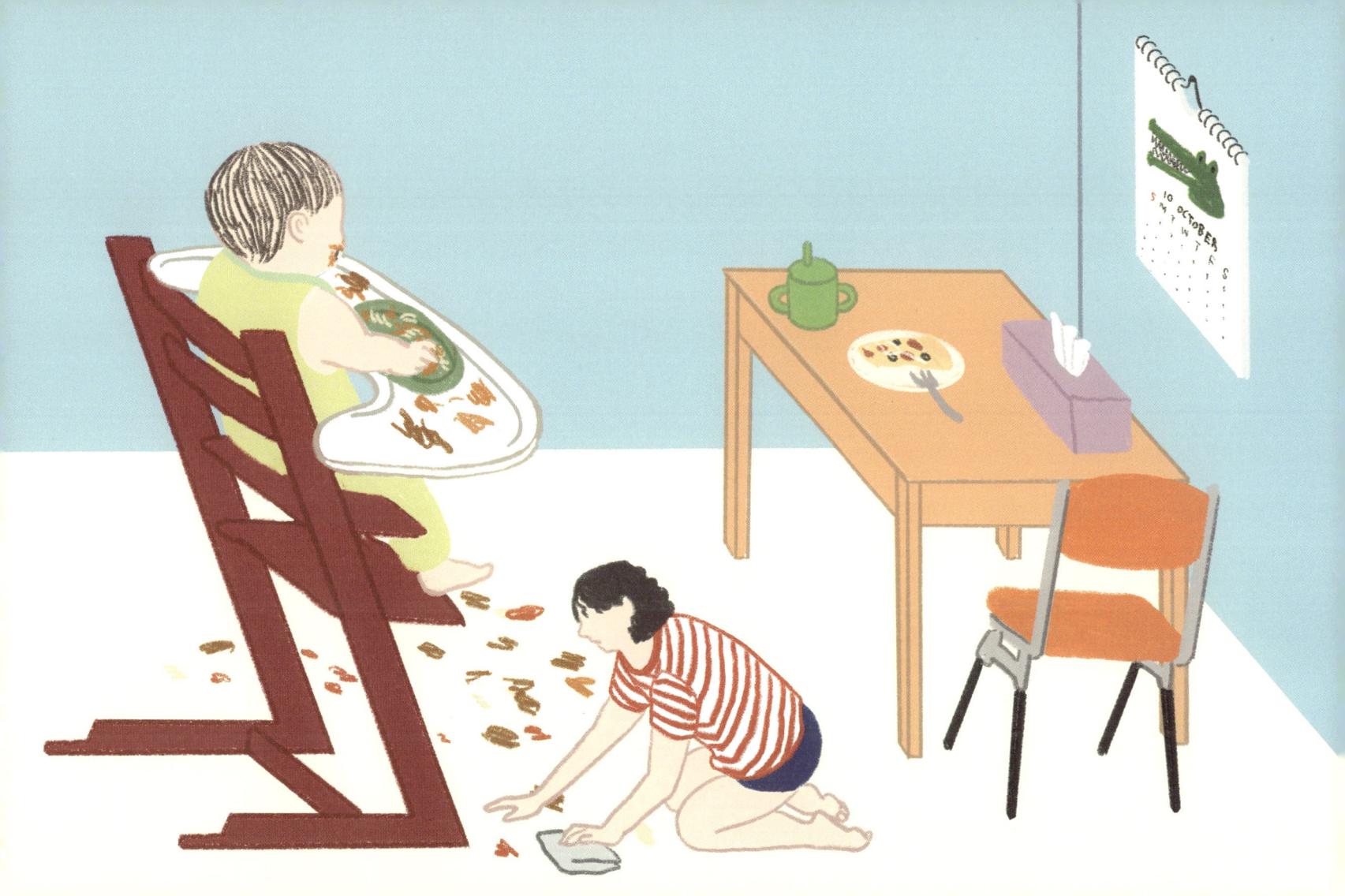

서로를 사랑하기 때문에 해낼 수 있는 일들이에요.

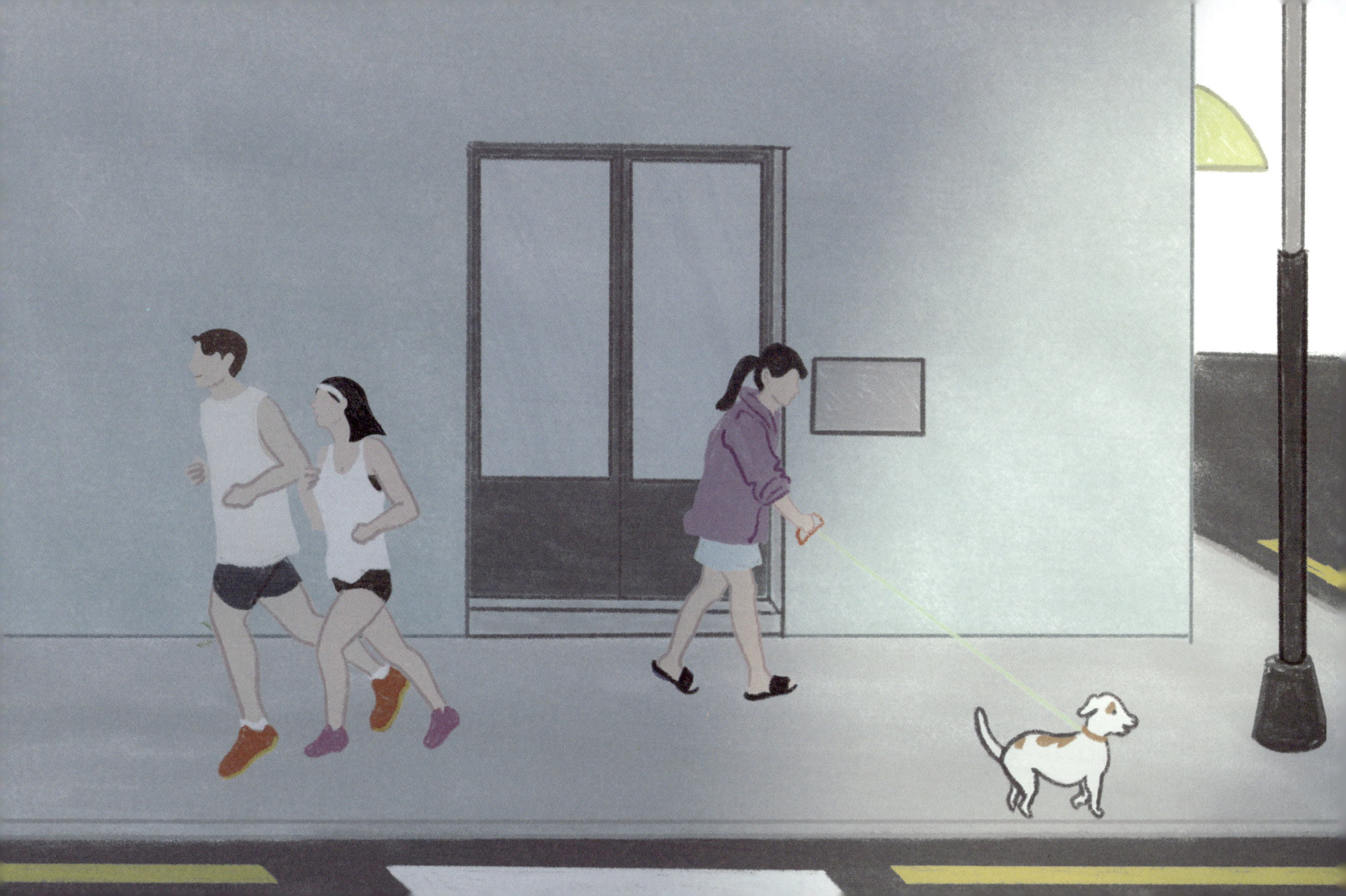

믿

음 #12

당신과 내가 주고받은 마음 위에

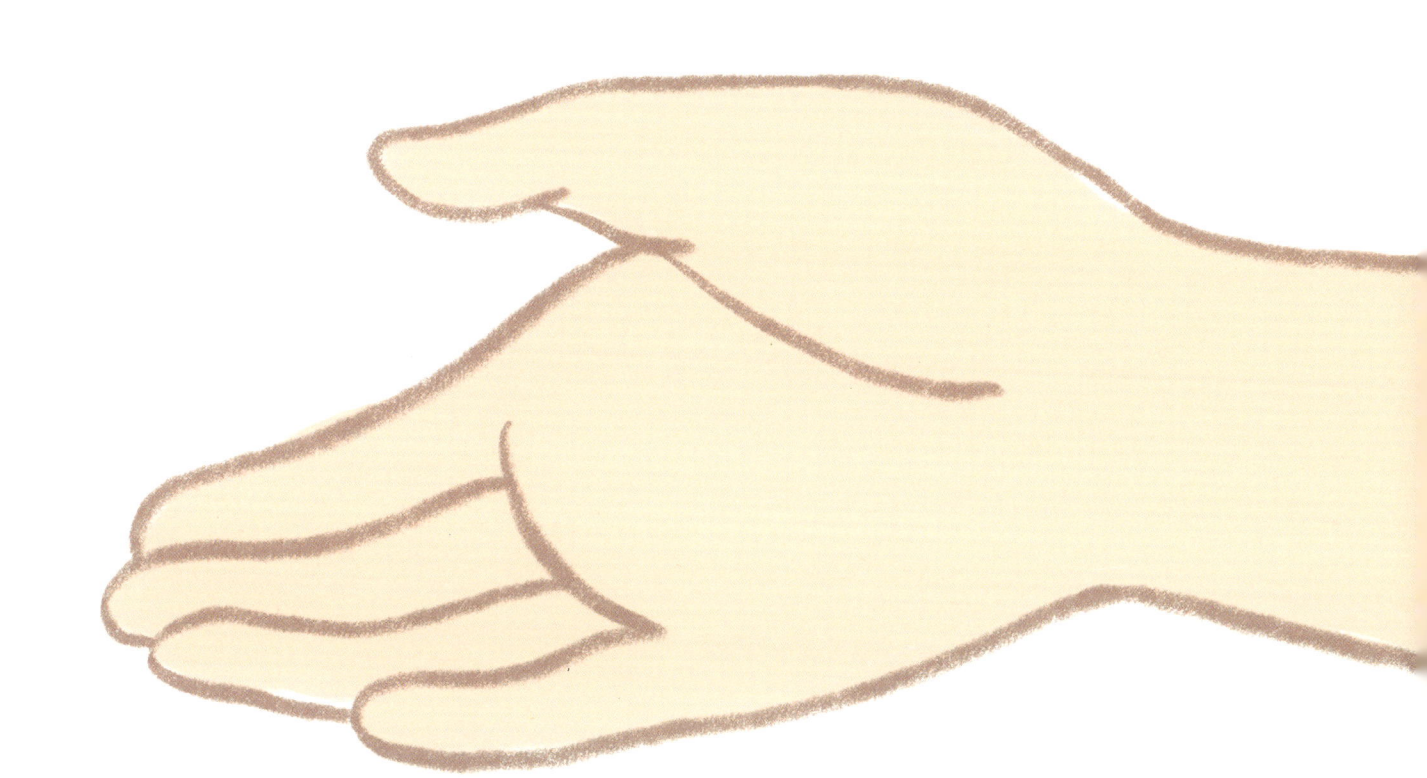

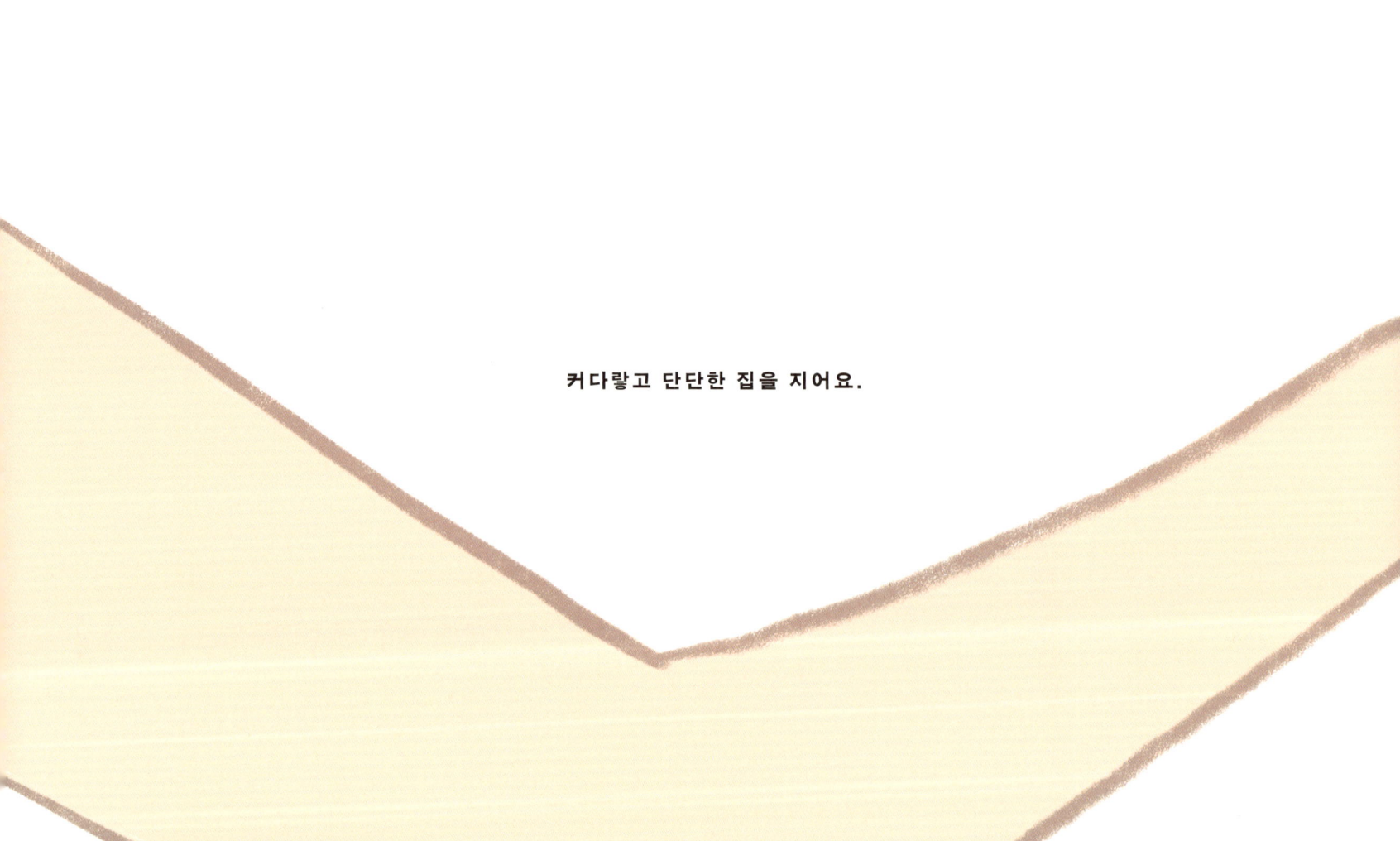

커다랗고 단단한 집을 지어요.

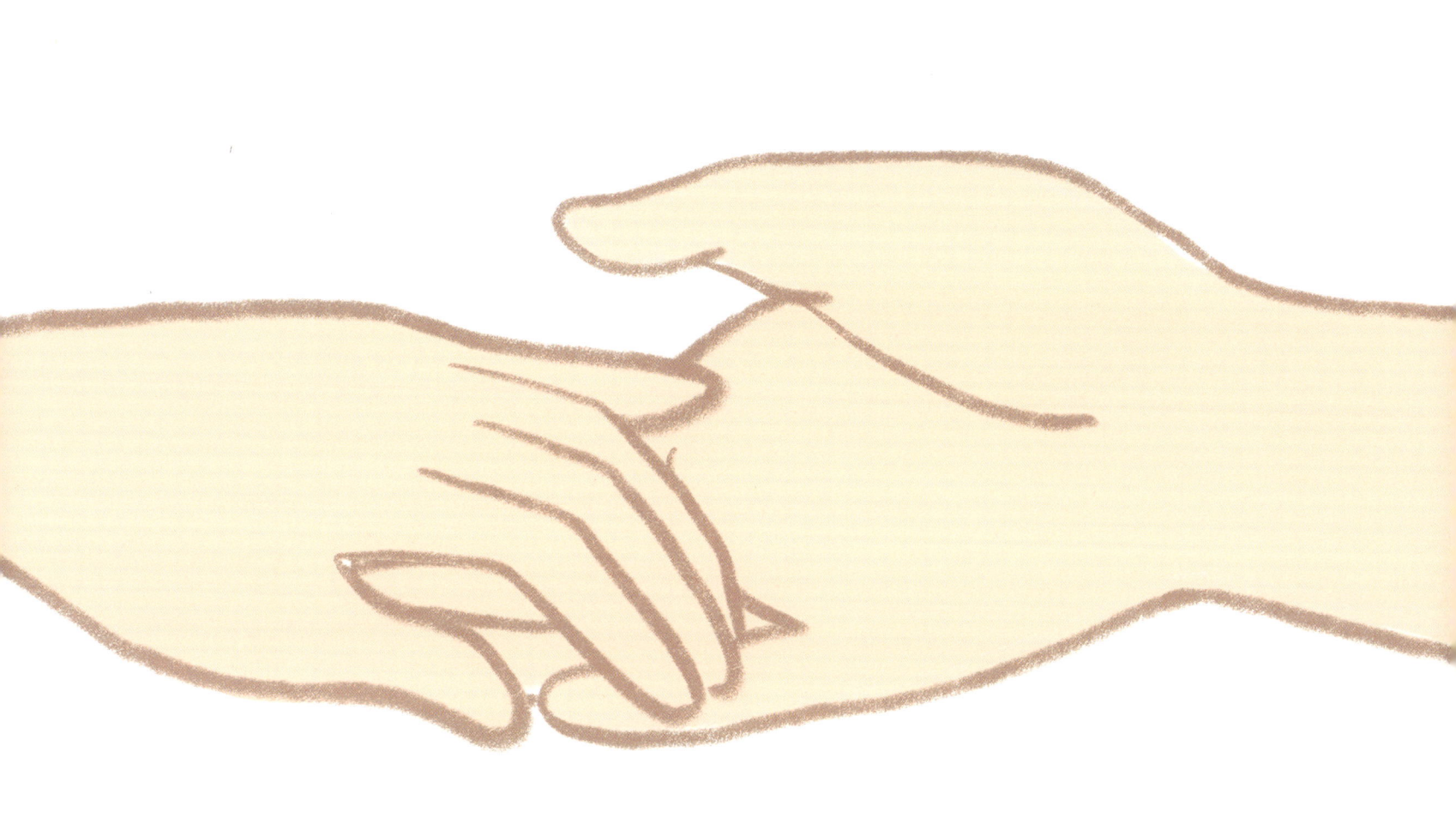

그리고 우리는 모험을 떠나죠.

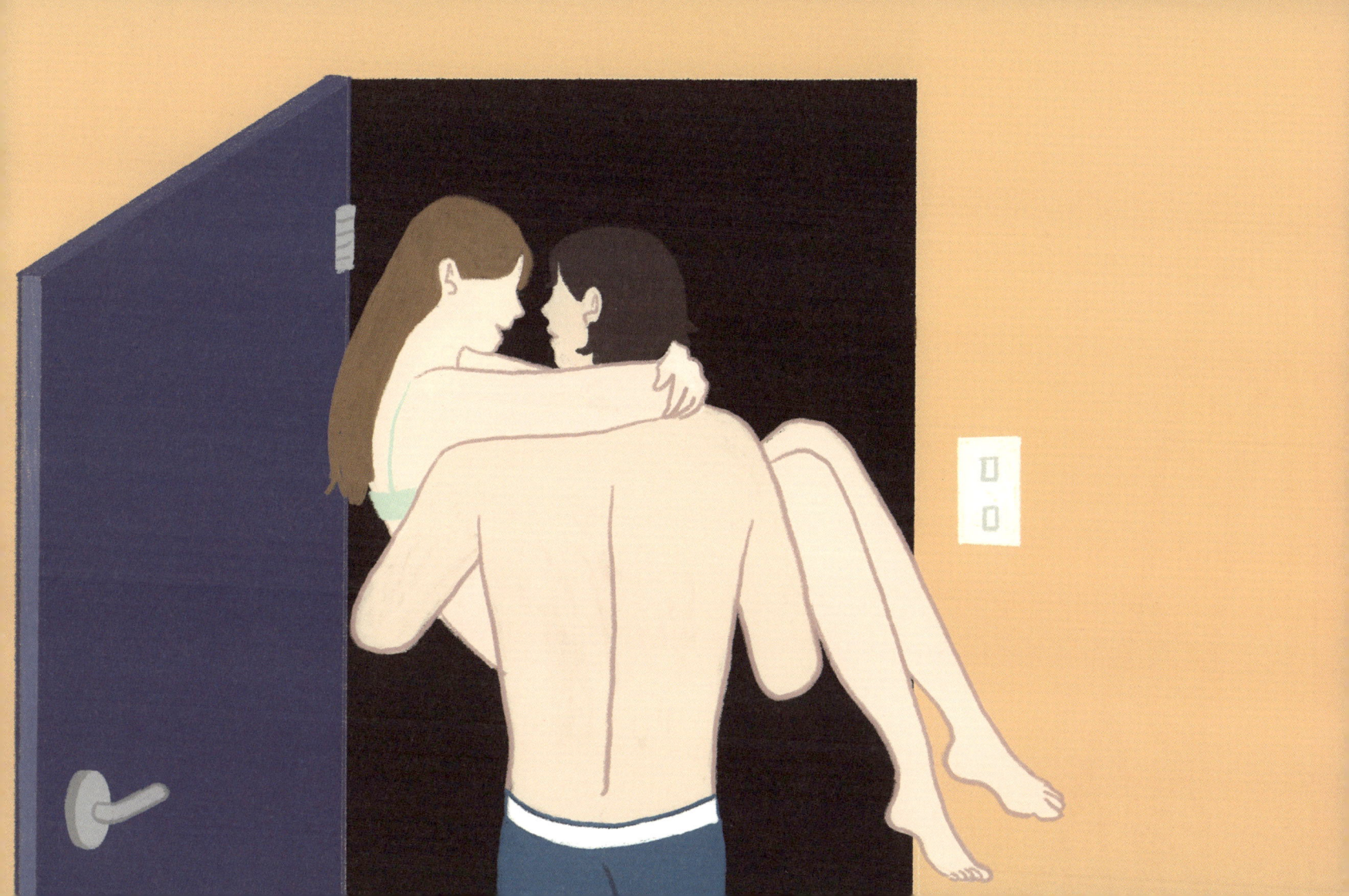

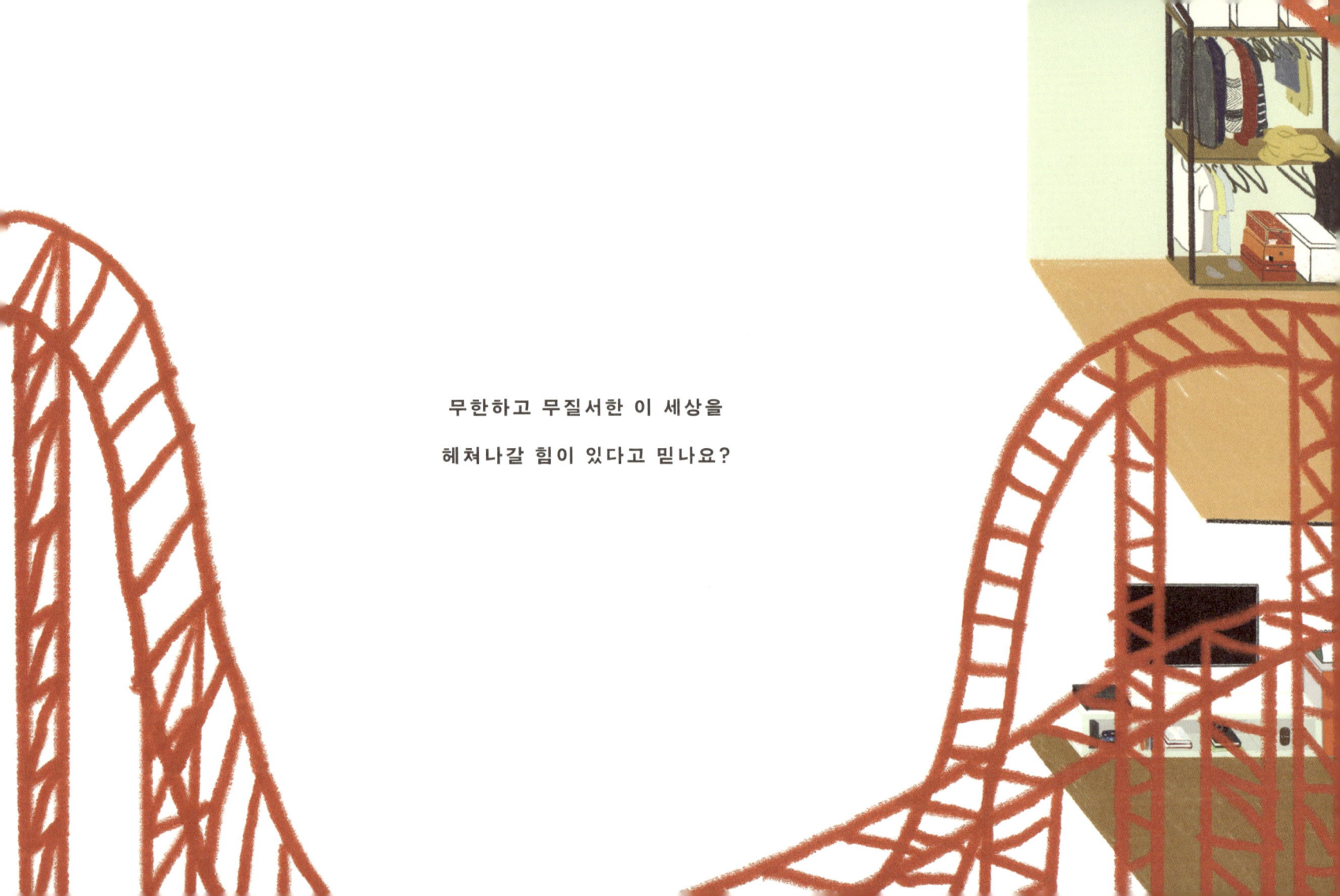

무한하고 무질서한 이 세상을

헤쳐나갈 힘이 있다고 믿나요?

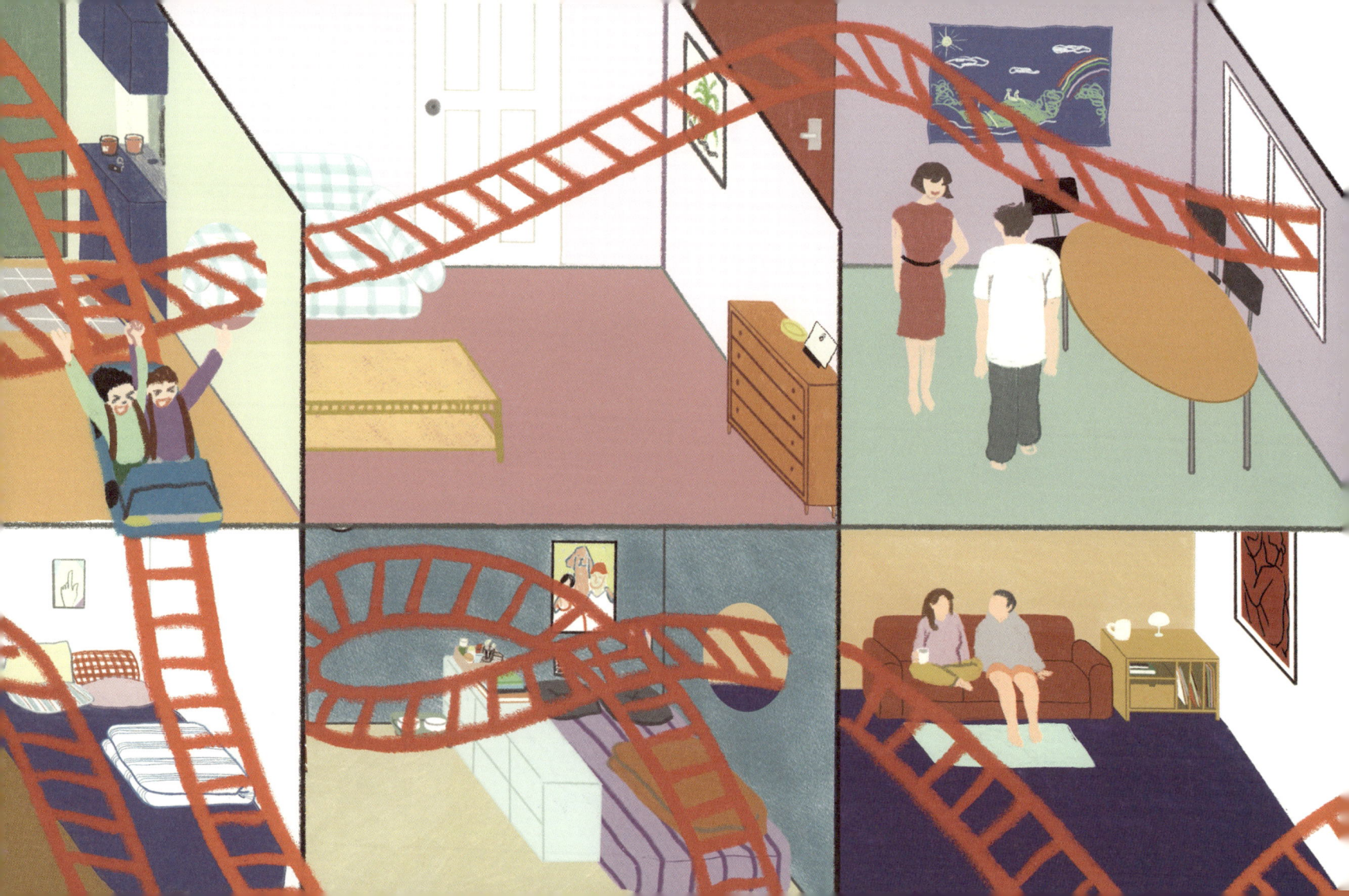

무인도에서도 서로가 있다면 즐겁고

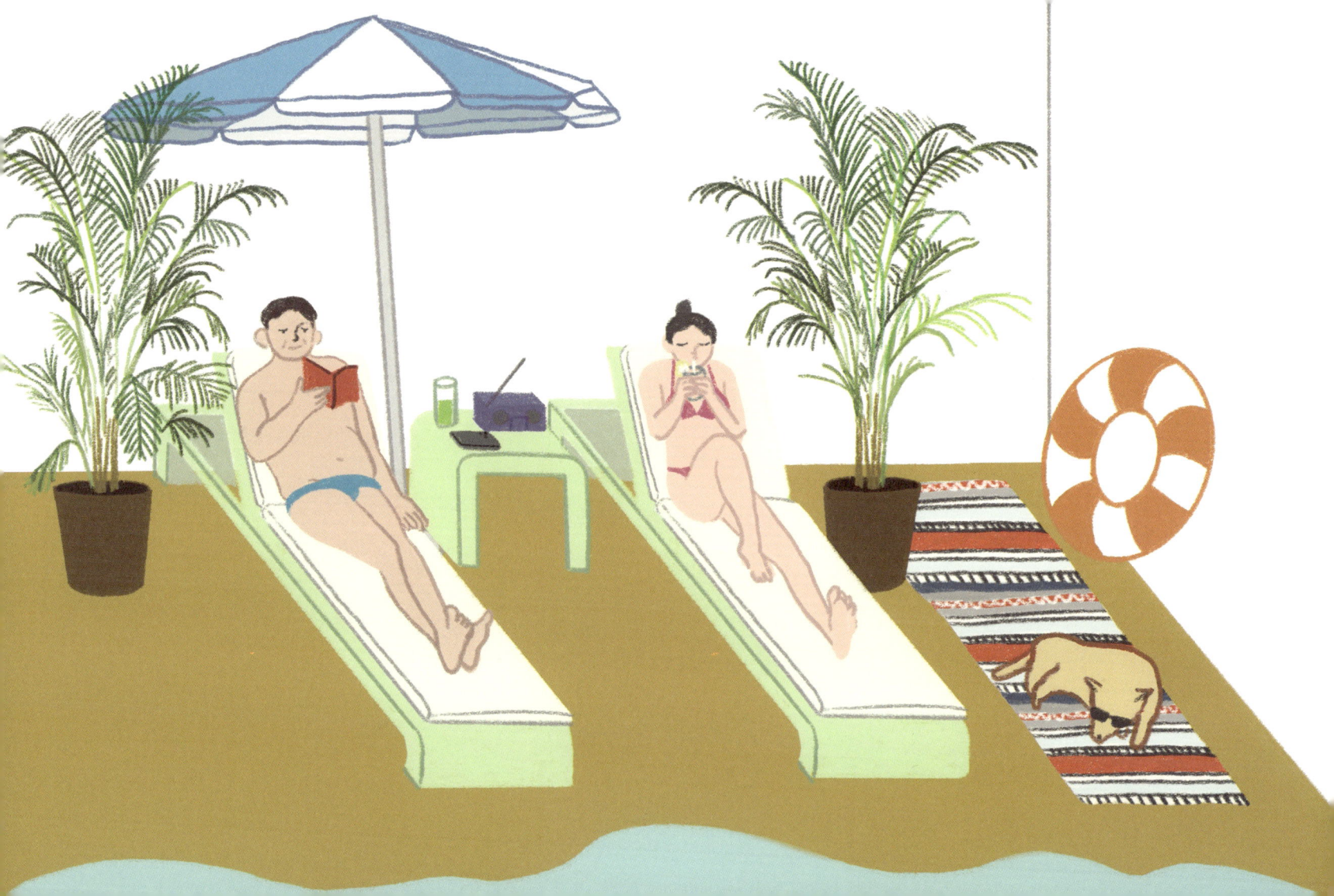

깜깜한 숲에서도 당신과 있으면 무섭지 않아요.

언제까지나 함께이니까요.

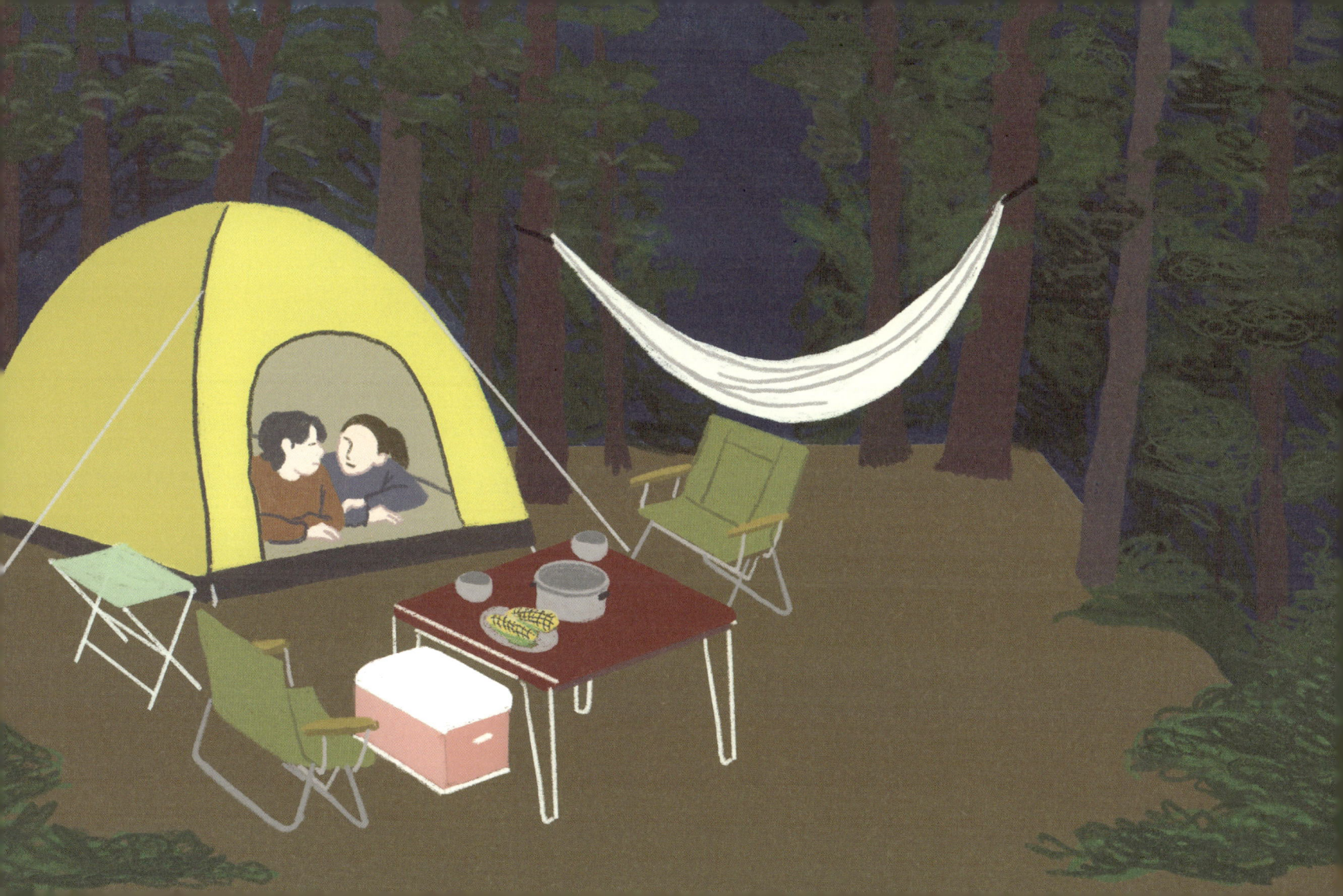

함 께

#13

시도 때도 없이 마음이 일렁이던 시간들이 있었죠.

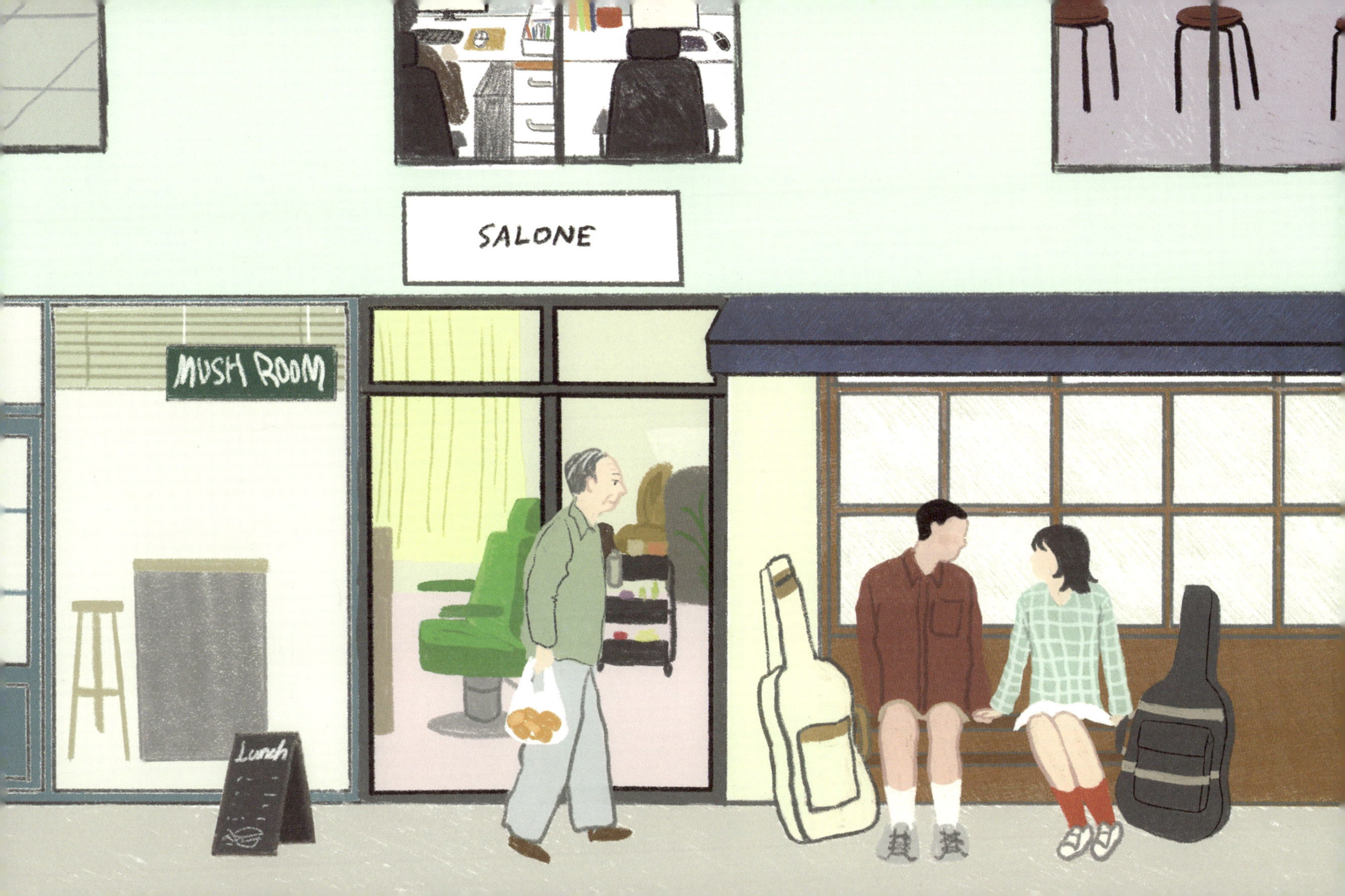

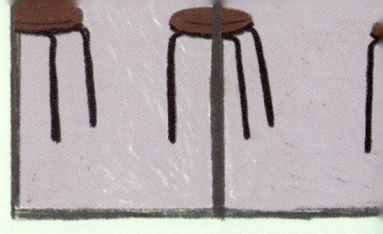

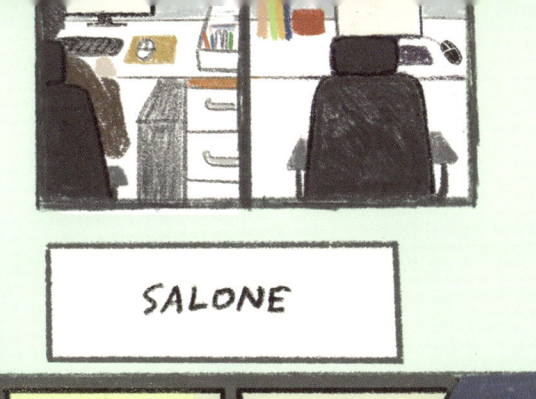

SALONE

MUSH ROOM

Lunch

그 시절은 이제 지나갔지만

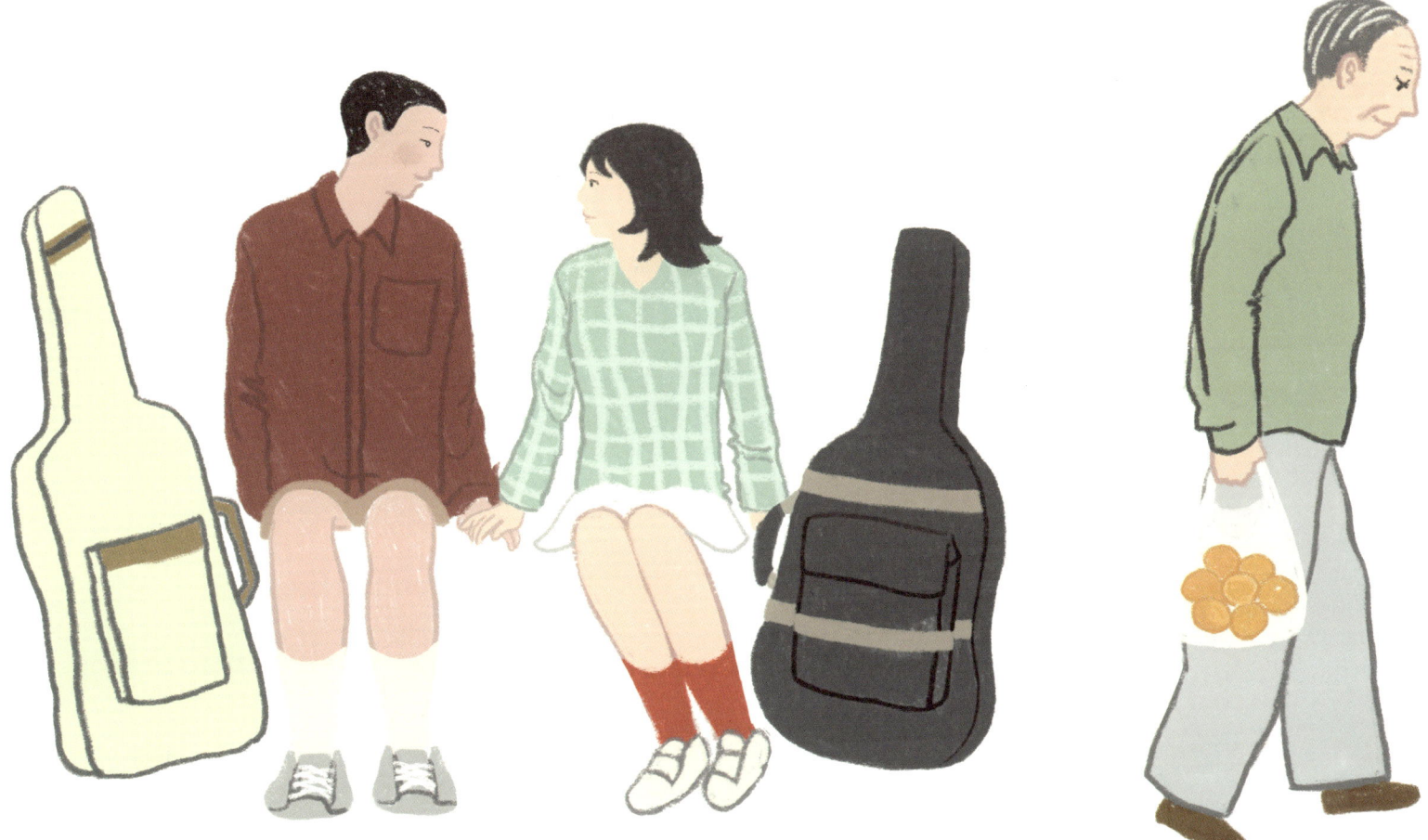

그 세월을 머금은 당신의 얼굴을 보고 있으면

나도 모르게 생각에 잠겨요.

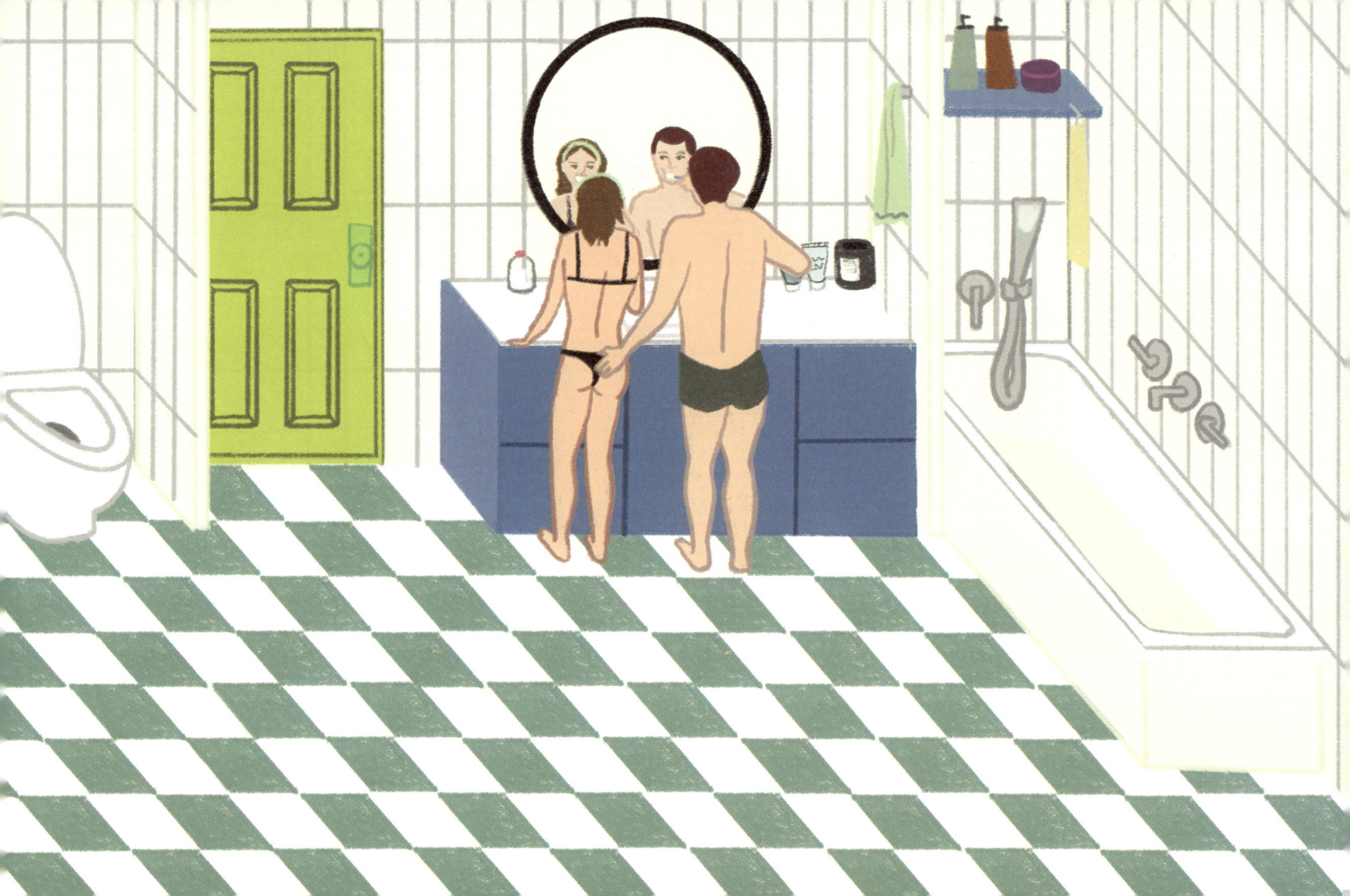

내가 처음으로 사랑한 당신의 모습이 떠올라

혼자 얼굴이 붉어지기도 하고

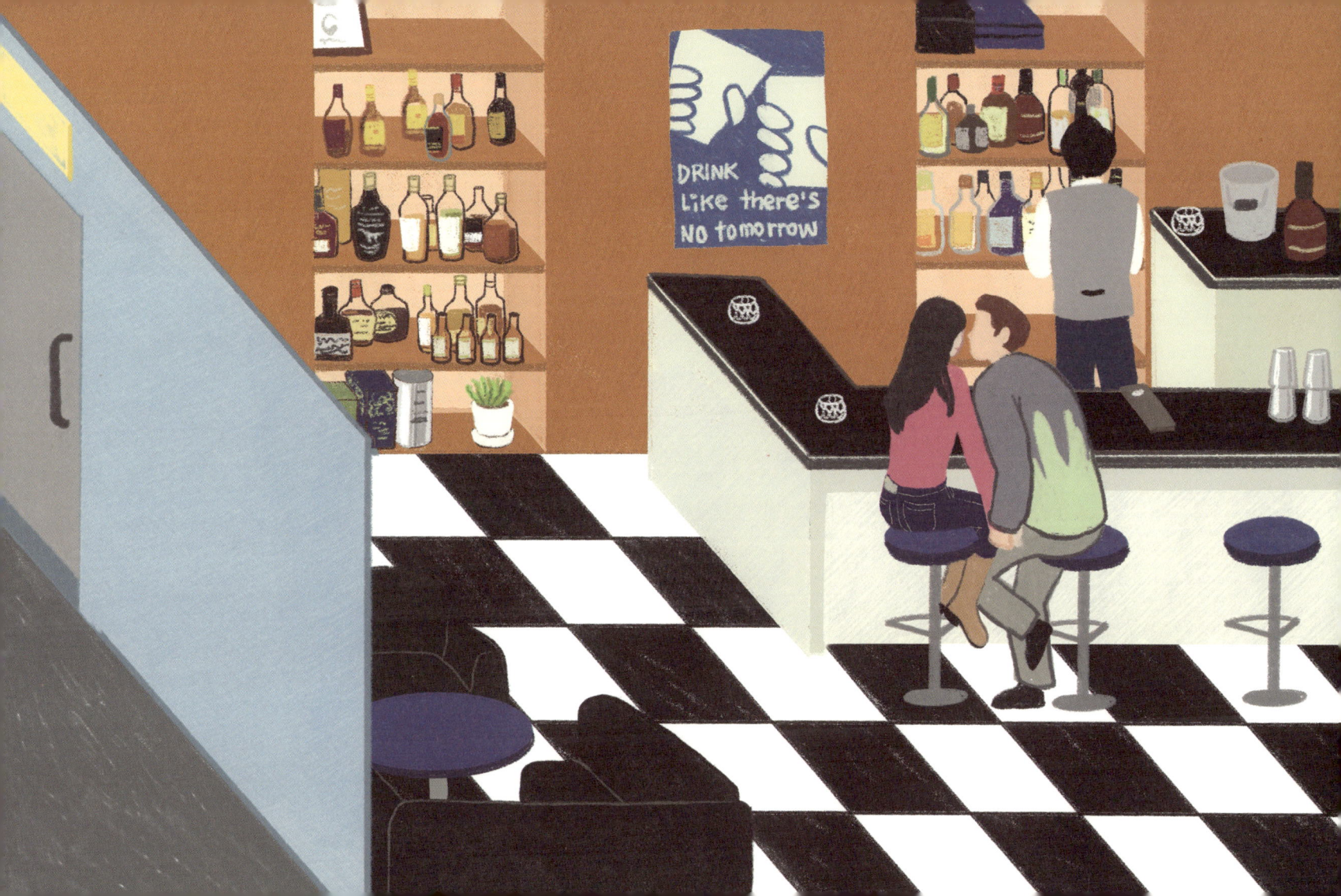

당신의 고단한 얼굴을 보면 이루 말할 수 없이 벅찬 기분이 드는

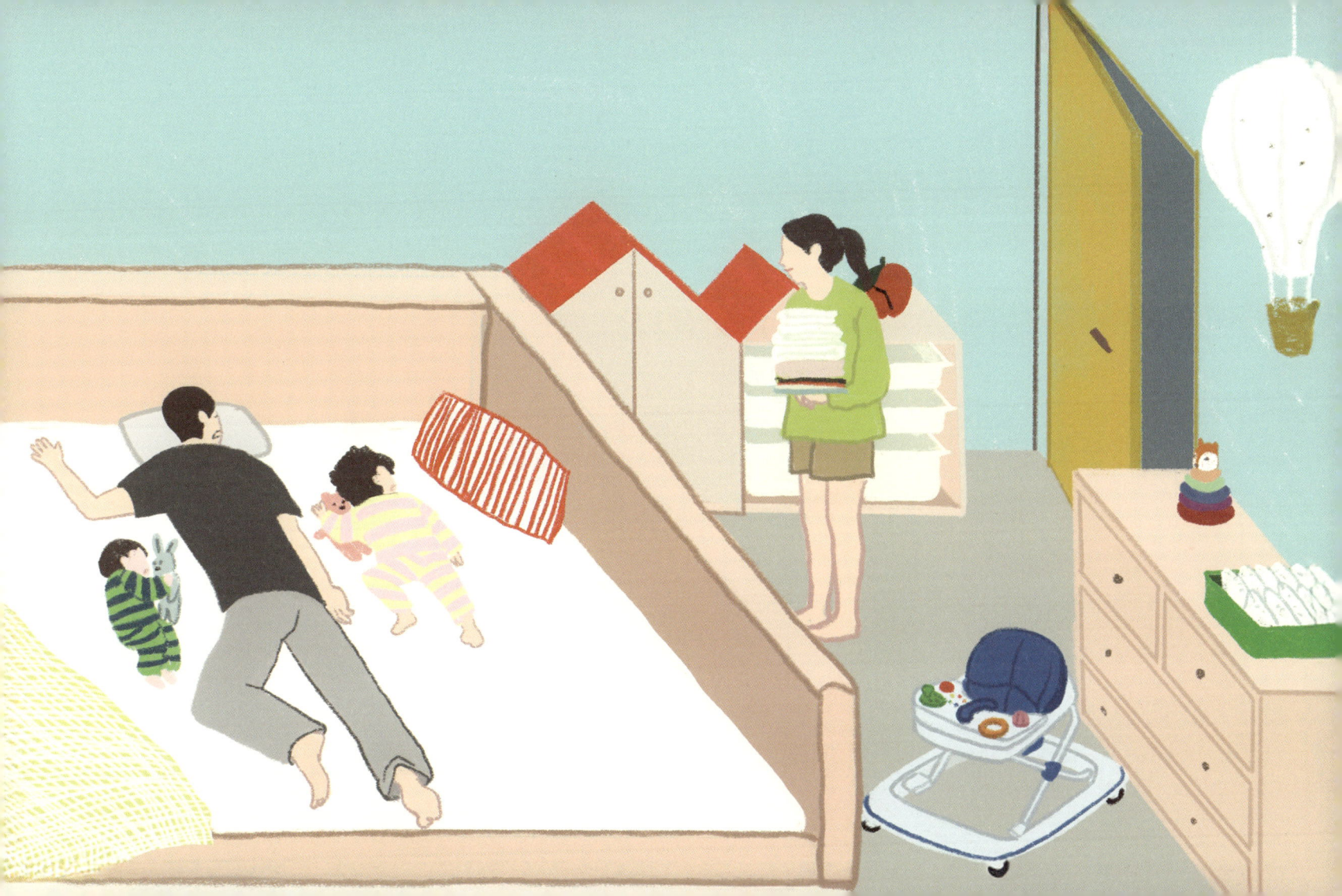

그것은 여전히

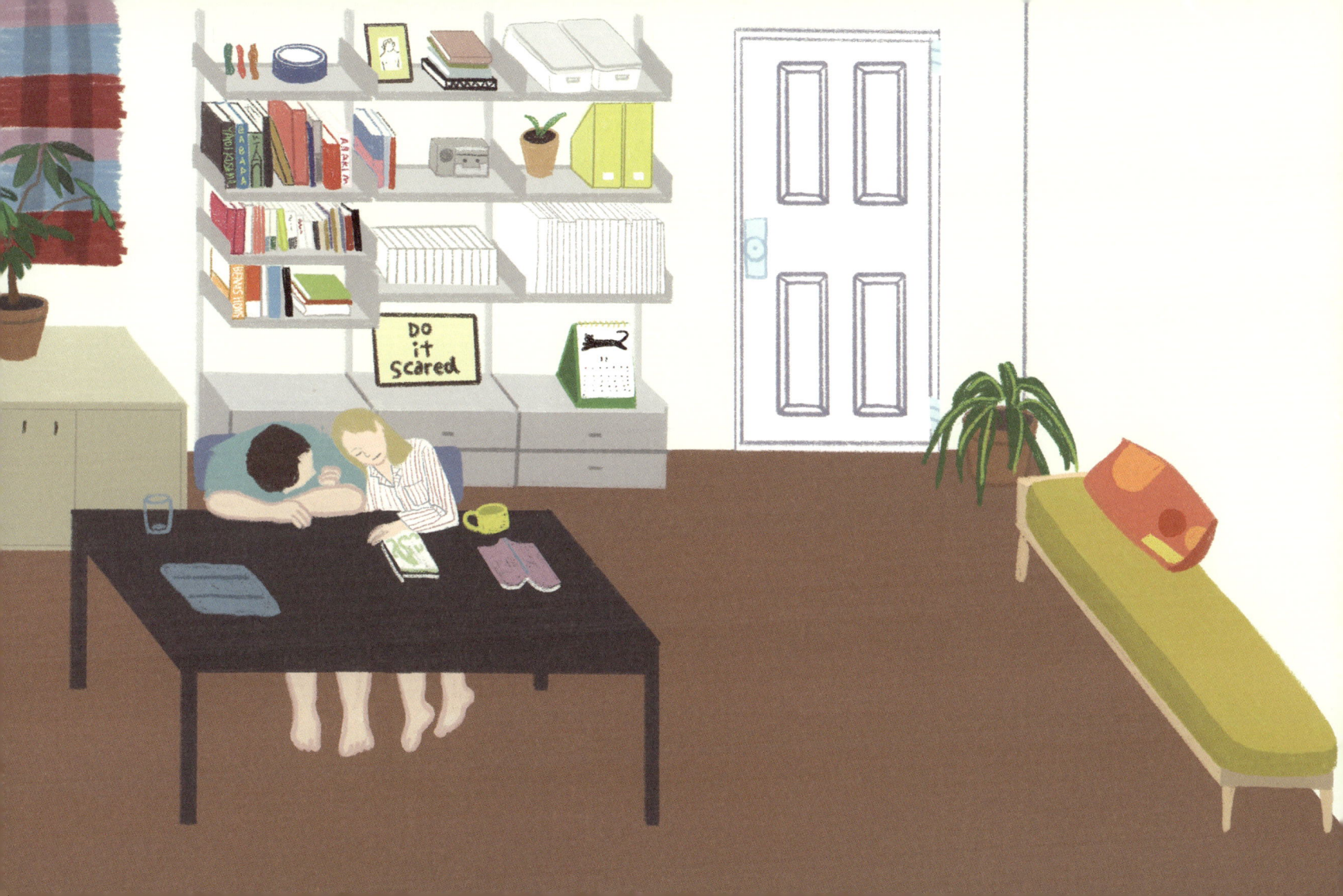

사랑이에요.

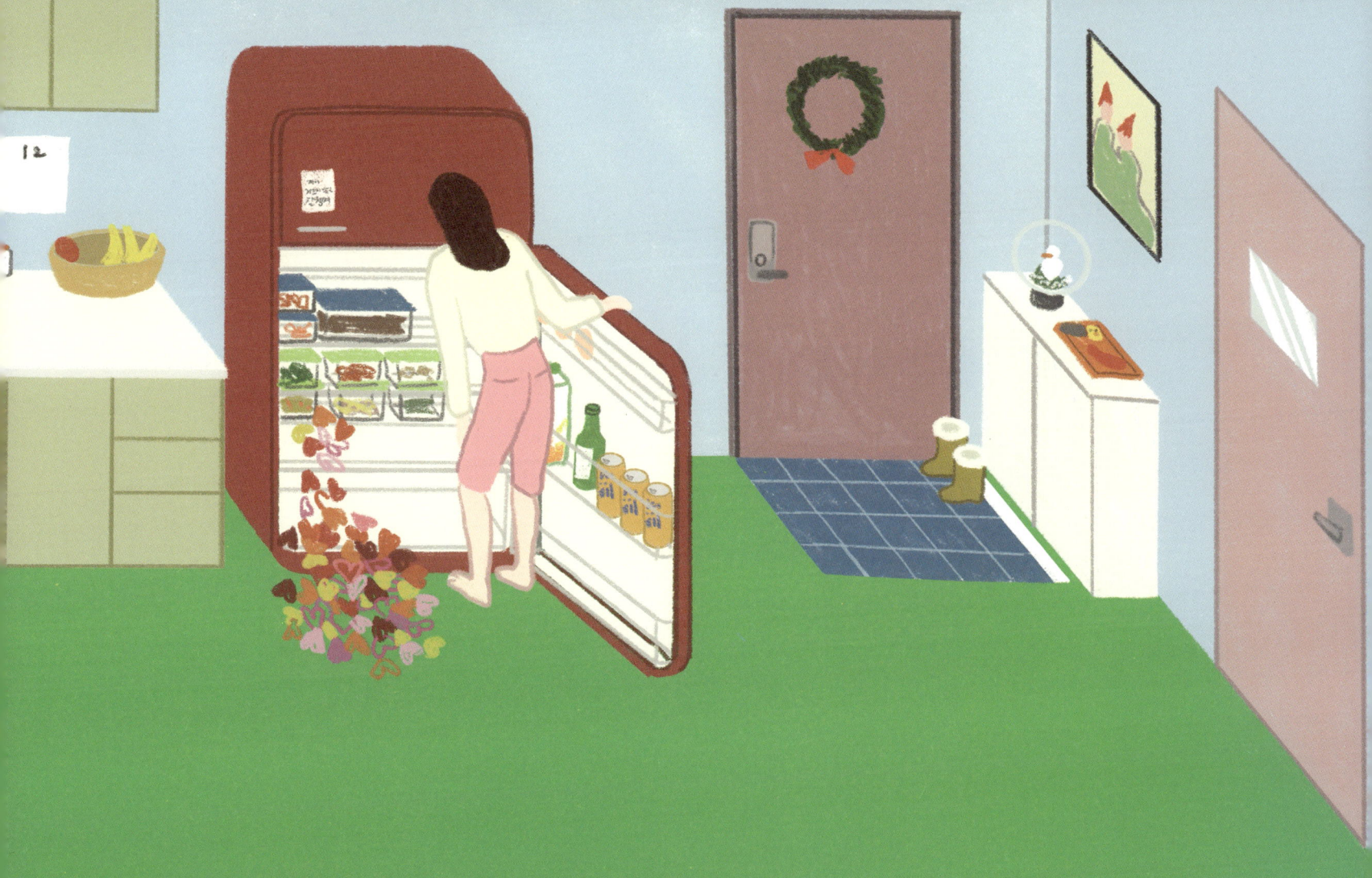

#14

전

부

사랑은 나를 가치 있게 해요.

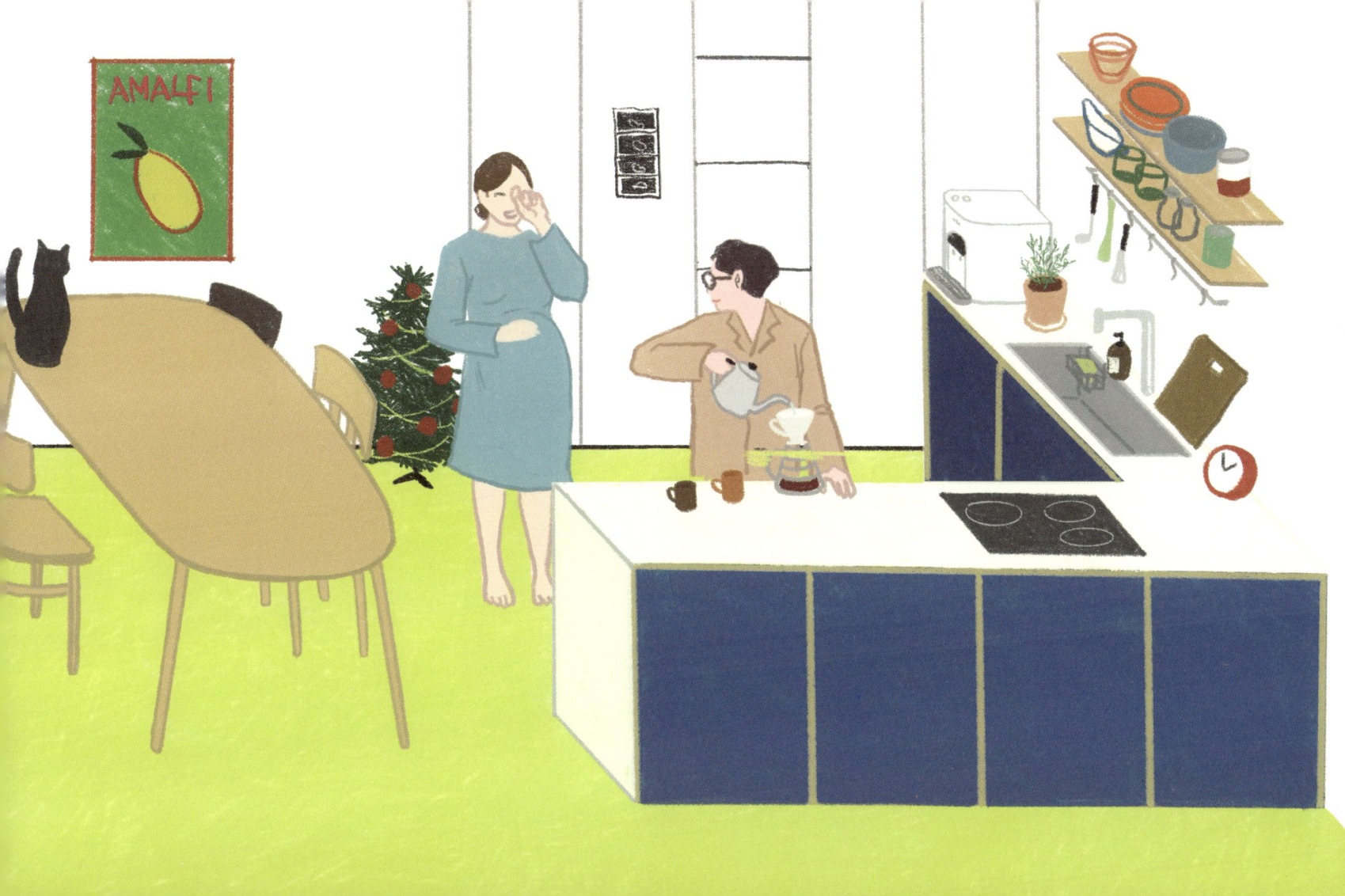

내가 나로 있을 수 있게

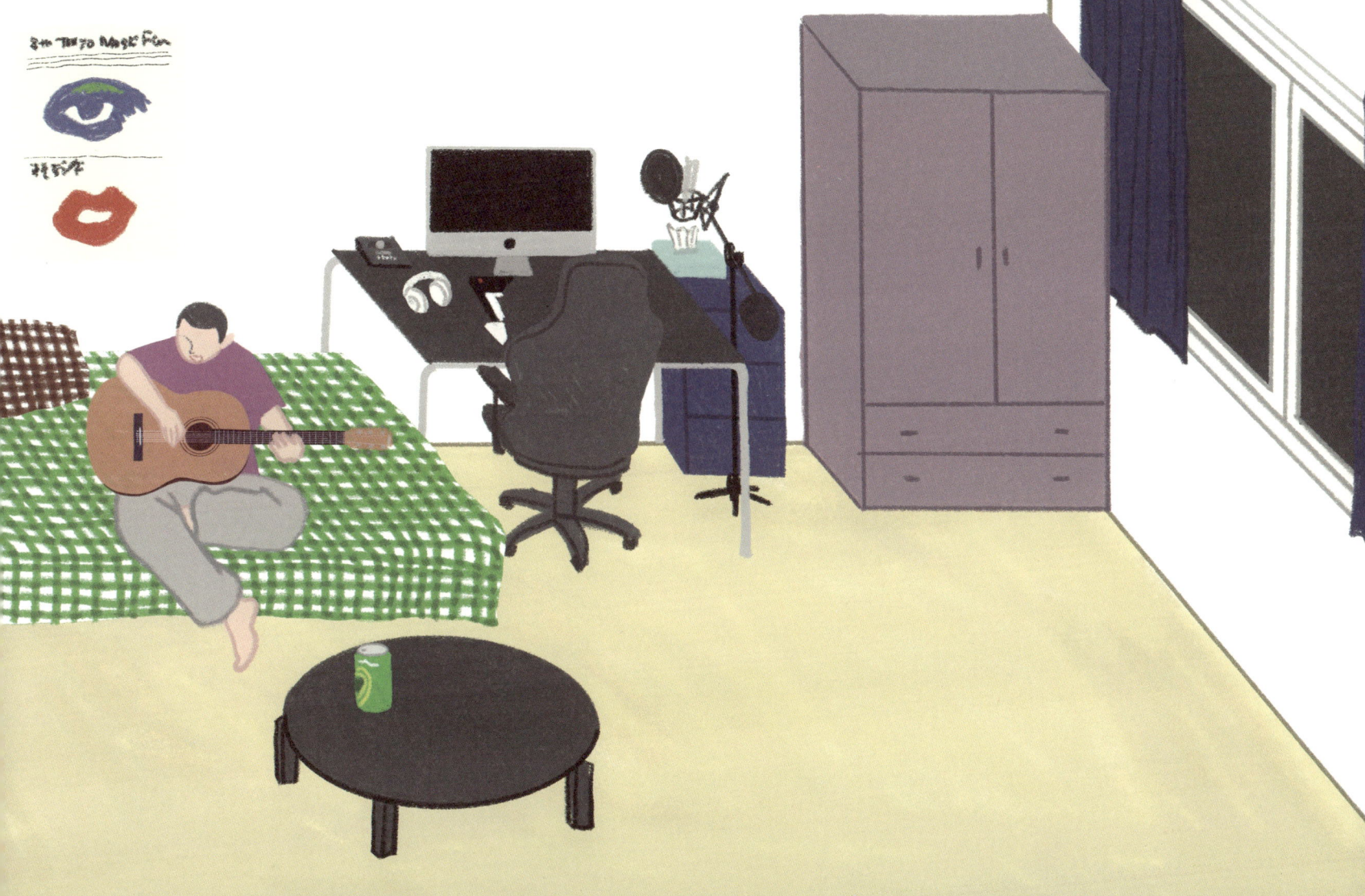

또 더 나은 사람이 되고 싶게 하죠.

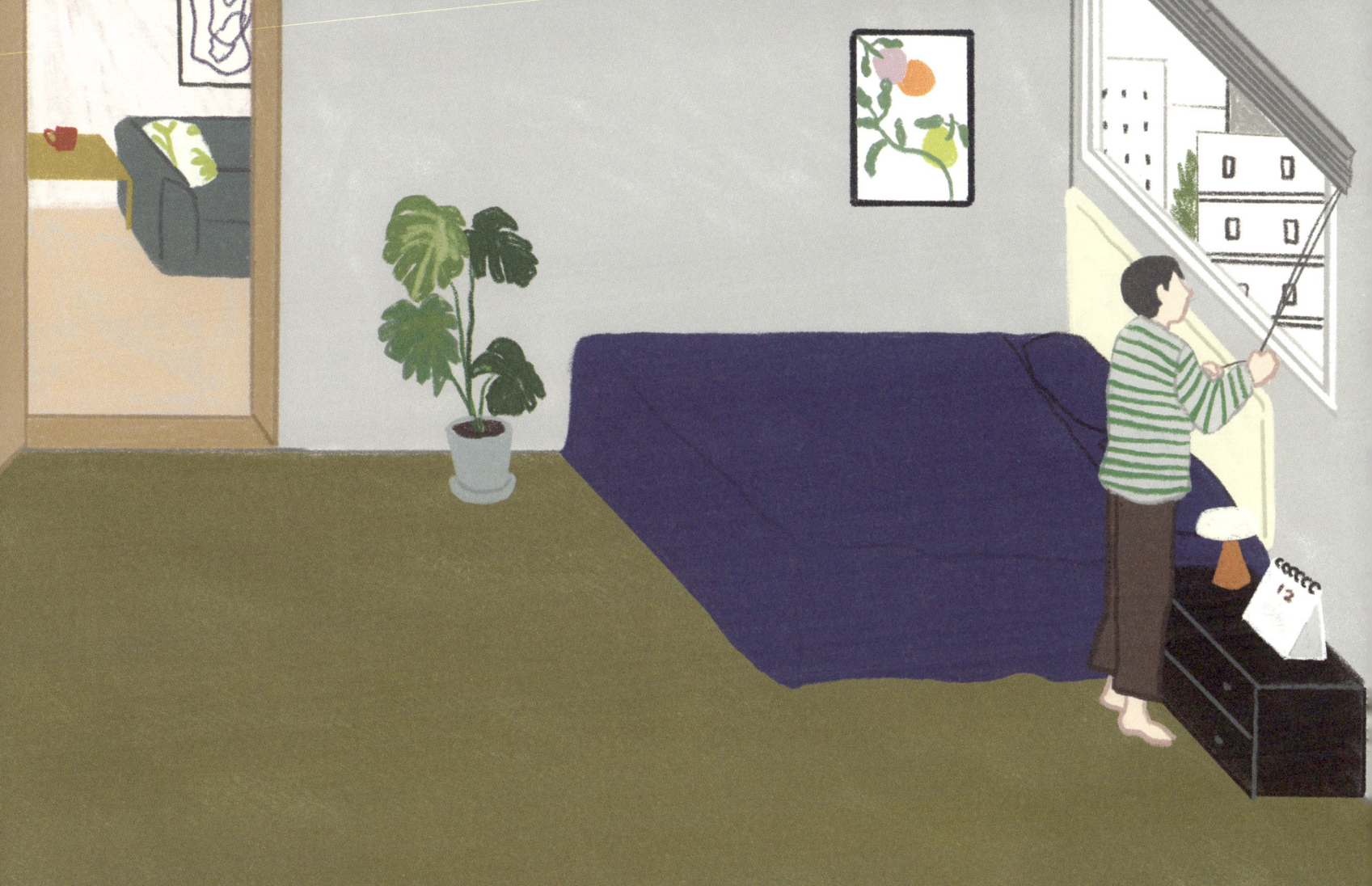

당신을 사랑하면서 나를 더 사랑하게 되었고

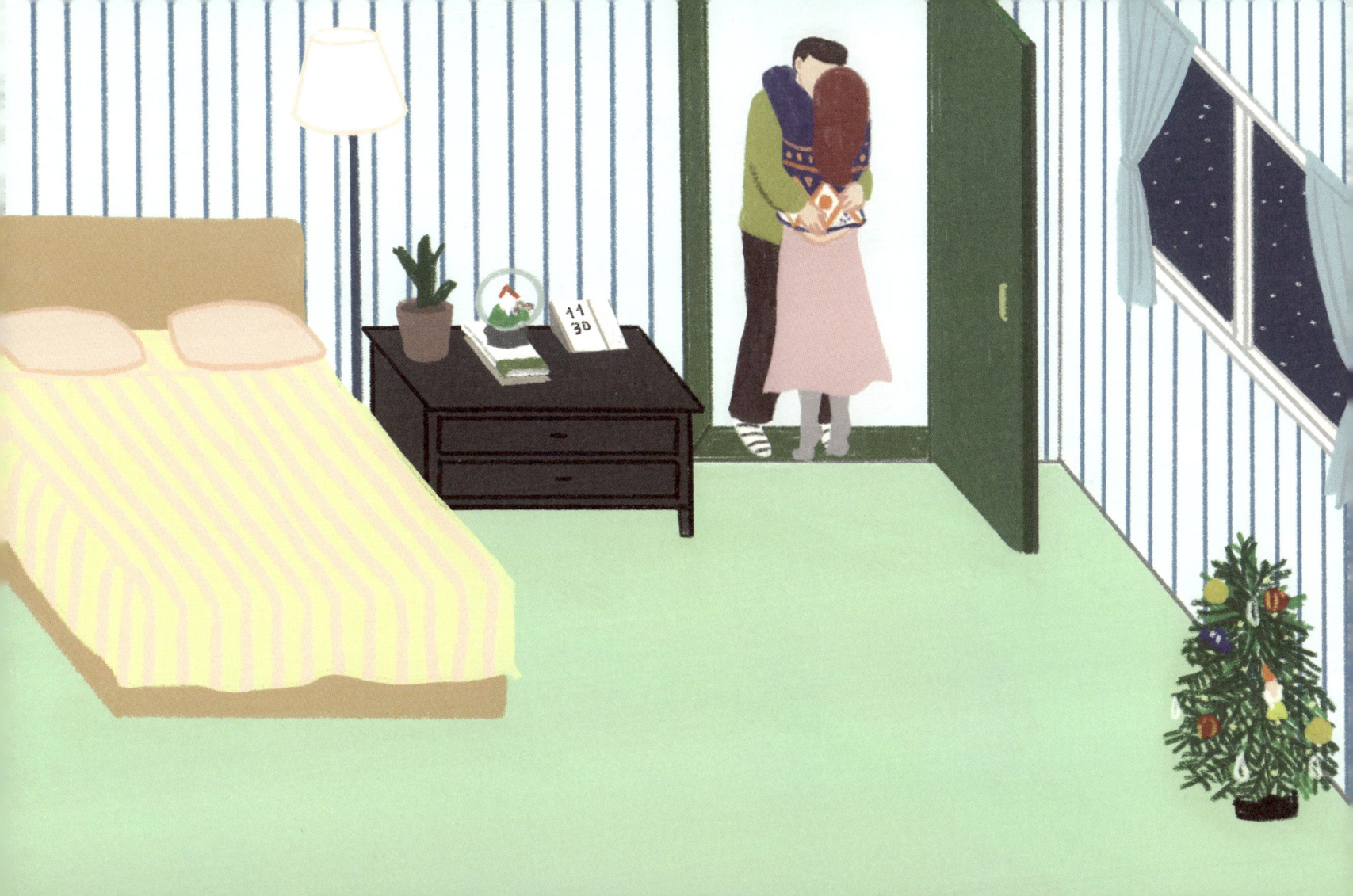

나를 사랑할 수 있어서 당신을 더 사랑하게 되었어요.

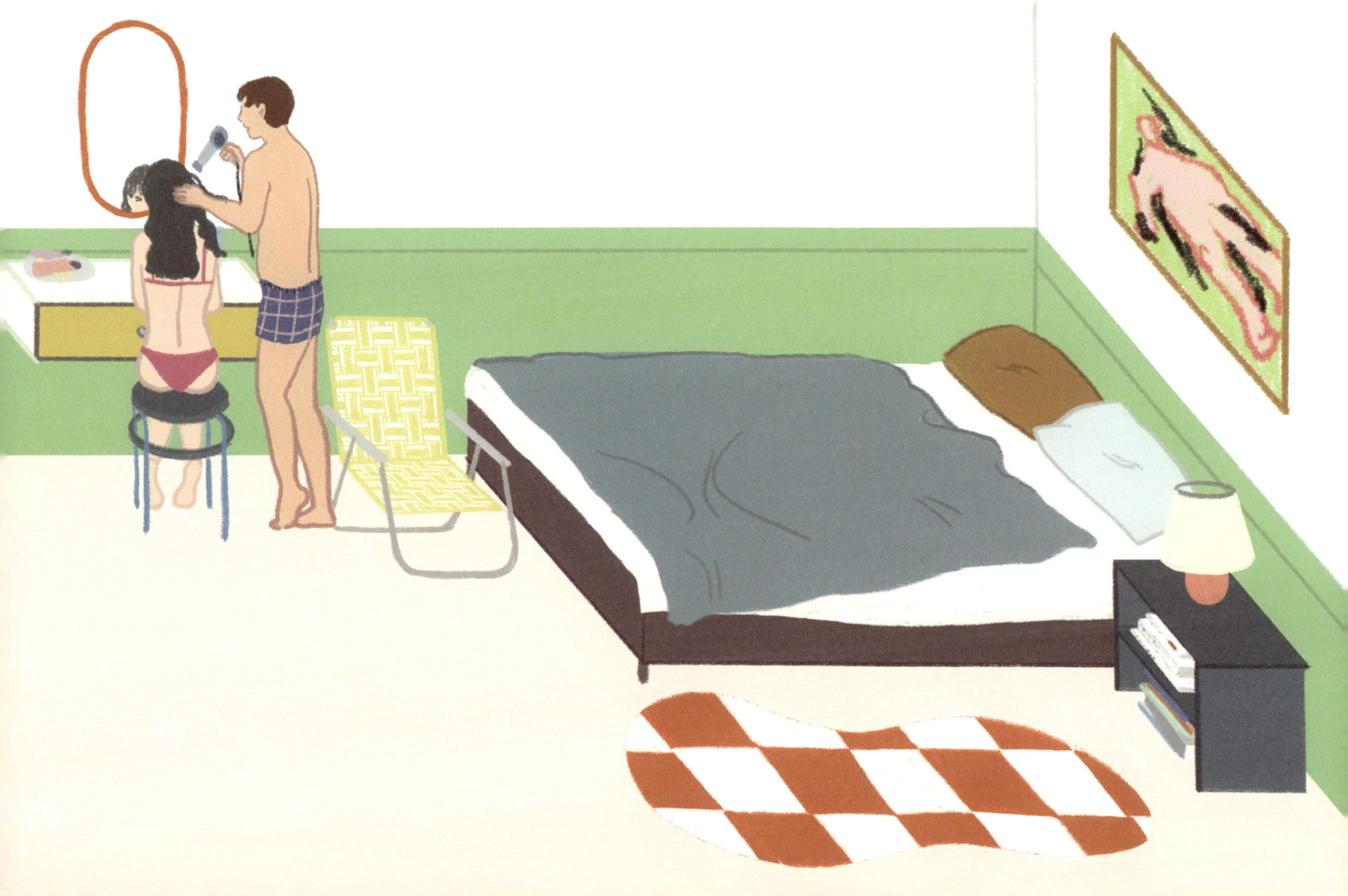

사랑은 나를 살게 해요.

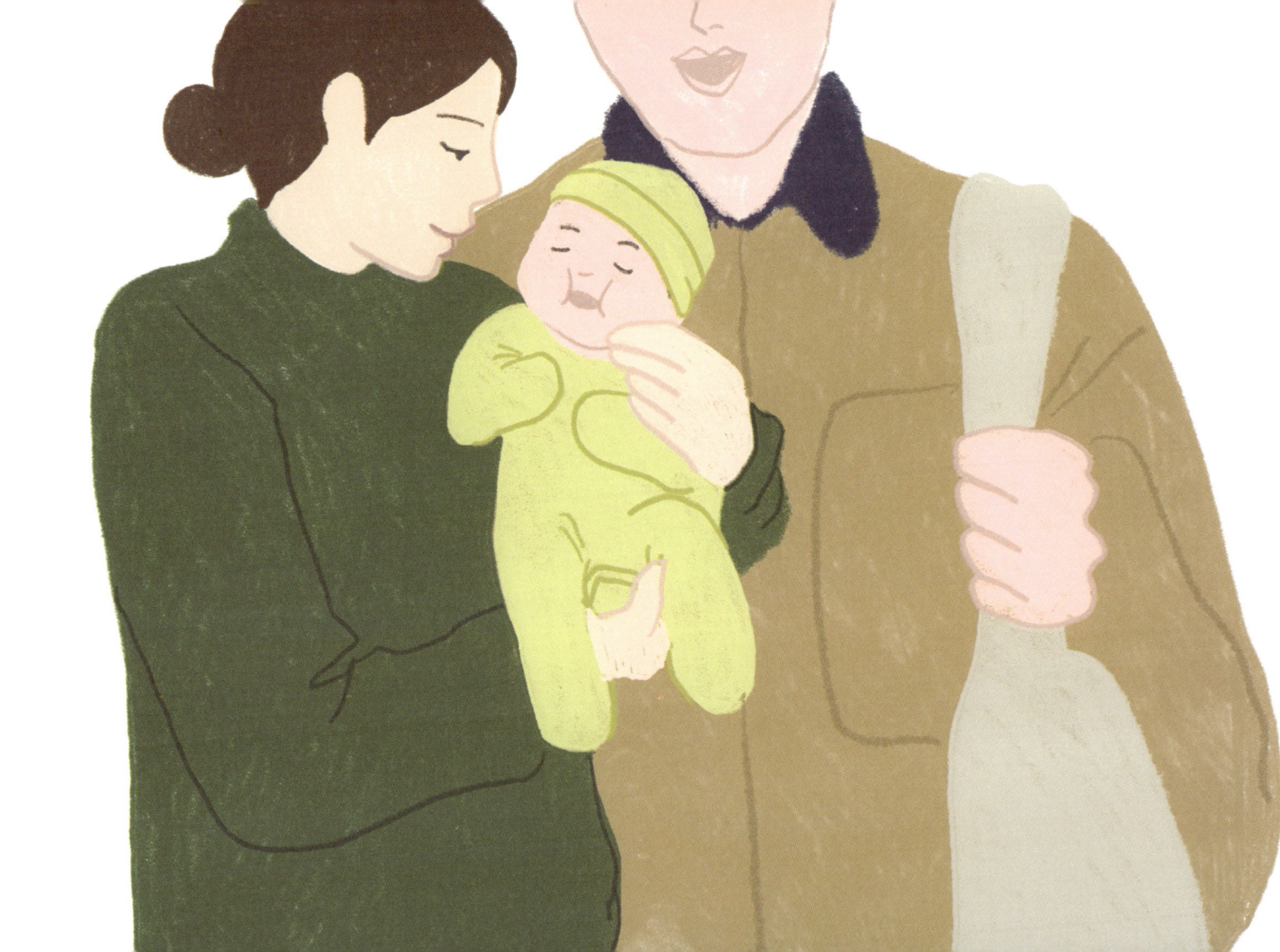

이제 나에게 이 세상은 사랑 없이는 무의미해요.

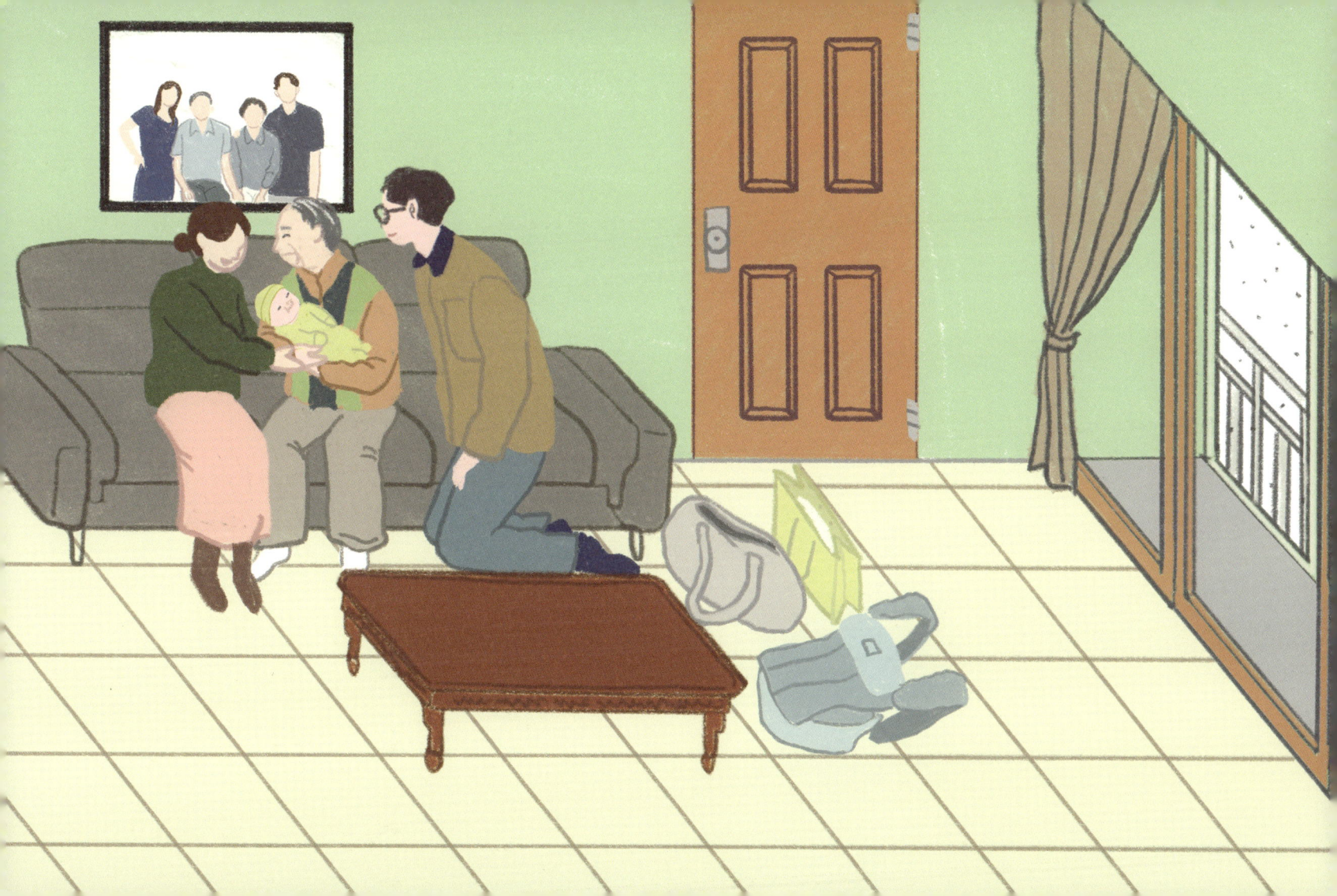

#15

당

신

어쩌면 사랑을 정의하는 것이

지금 우리에게는 무의미할지도 모르죠.

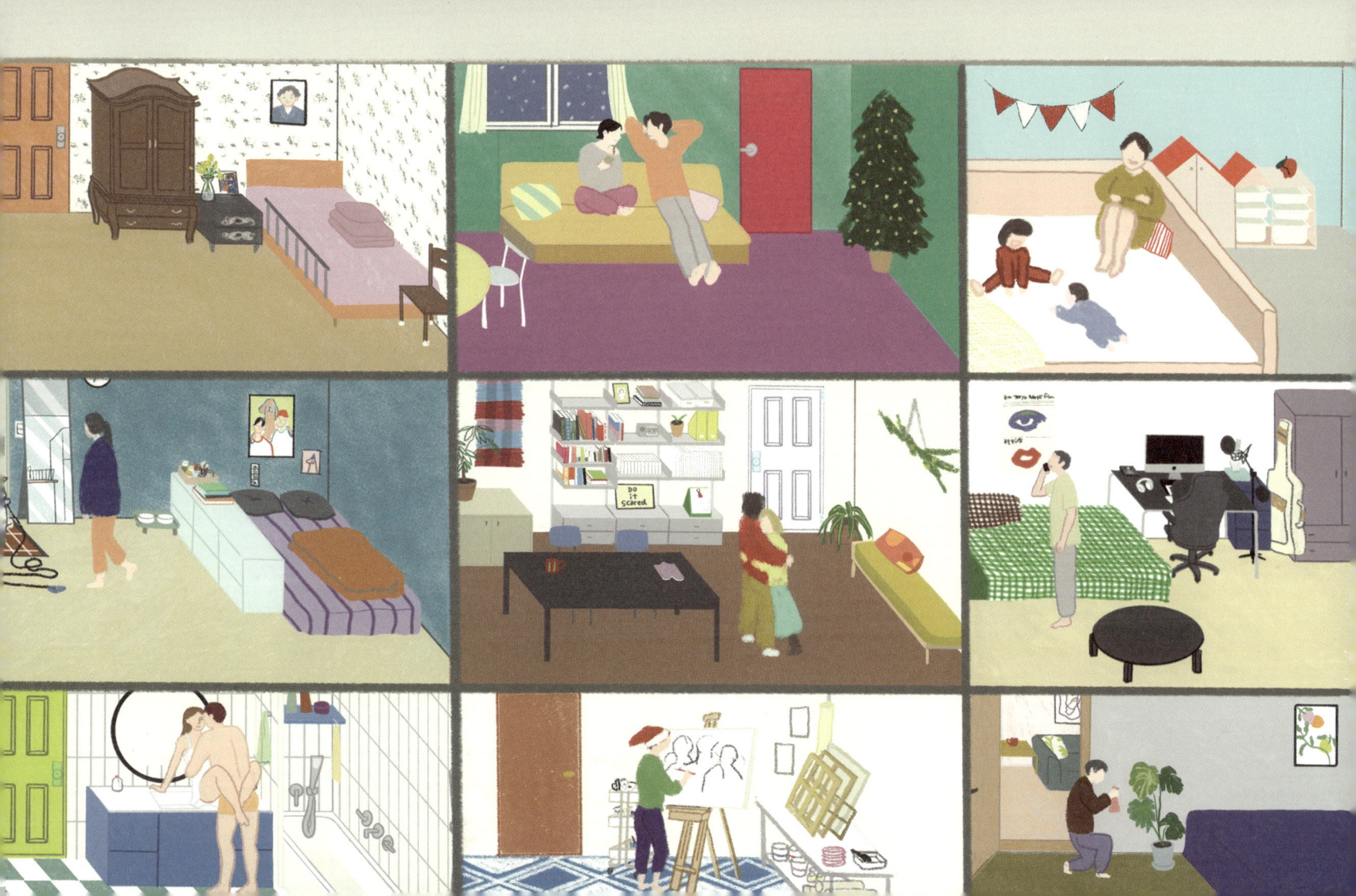

만약 지금 혼자여도

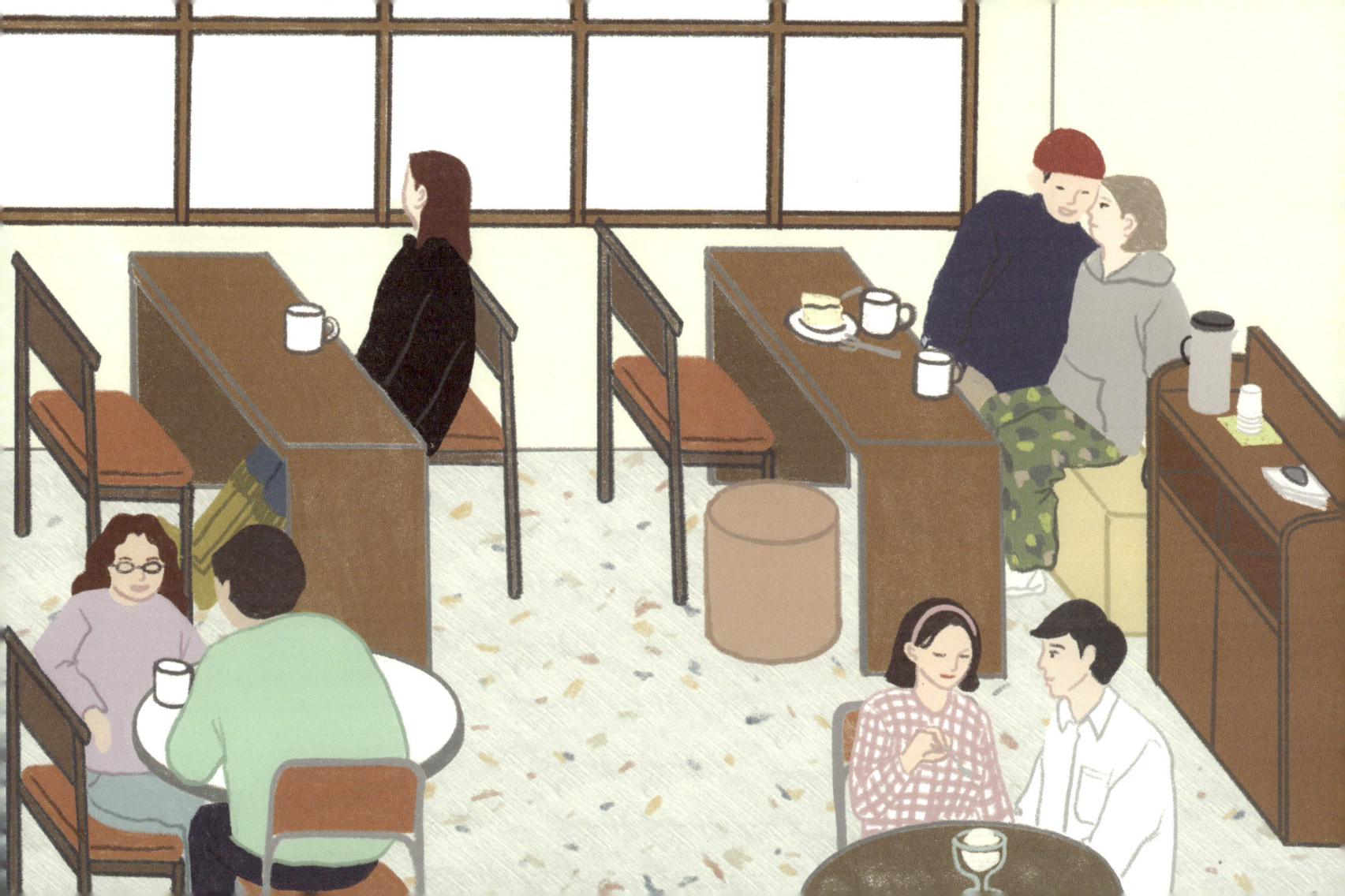

누군가와 함께라면 더더욱

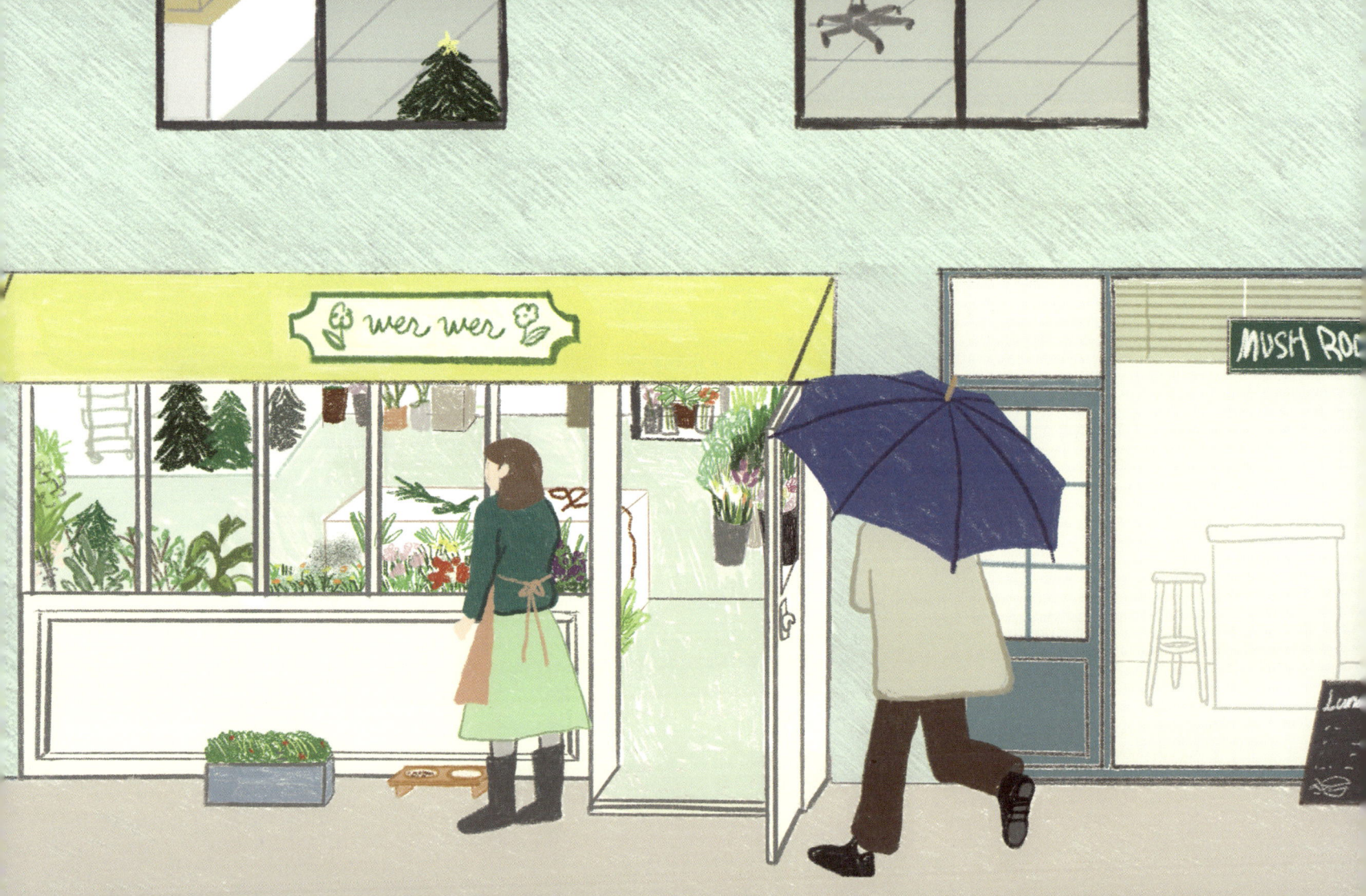

부디 사랑을 의심하지 말아요.

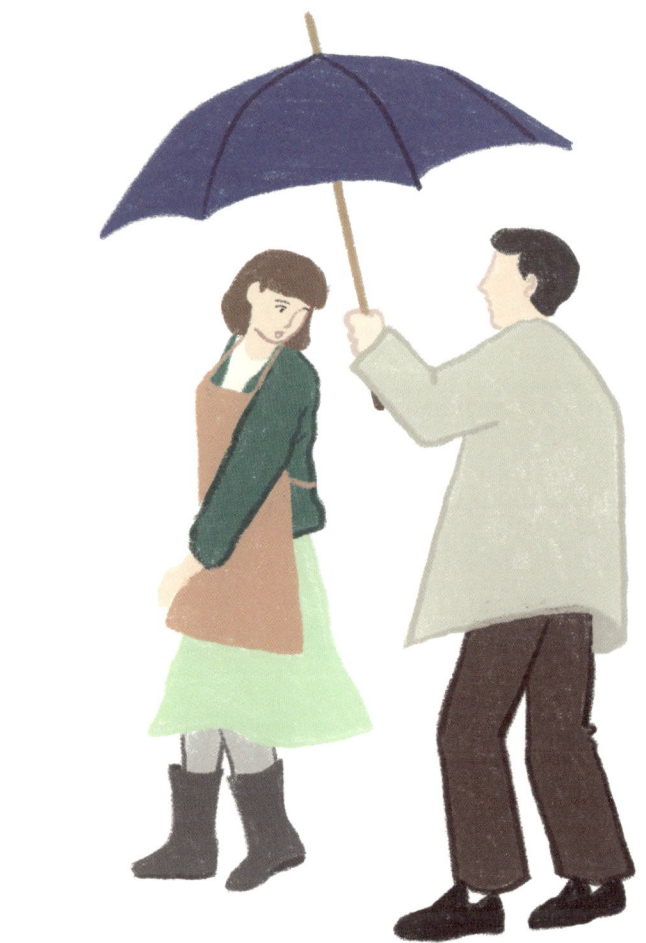

사랑은 늘 곁에 있어요.

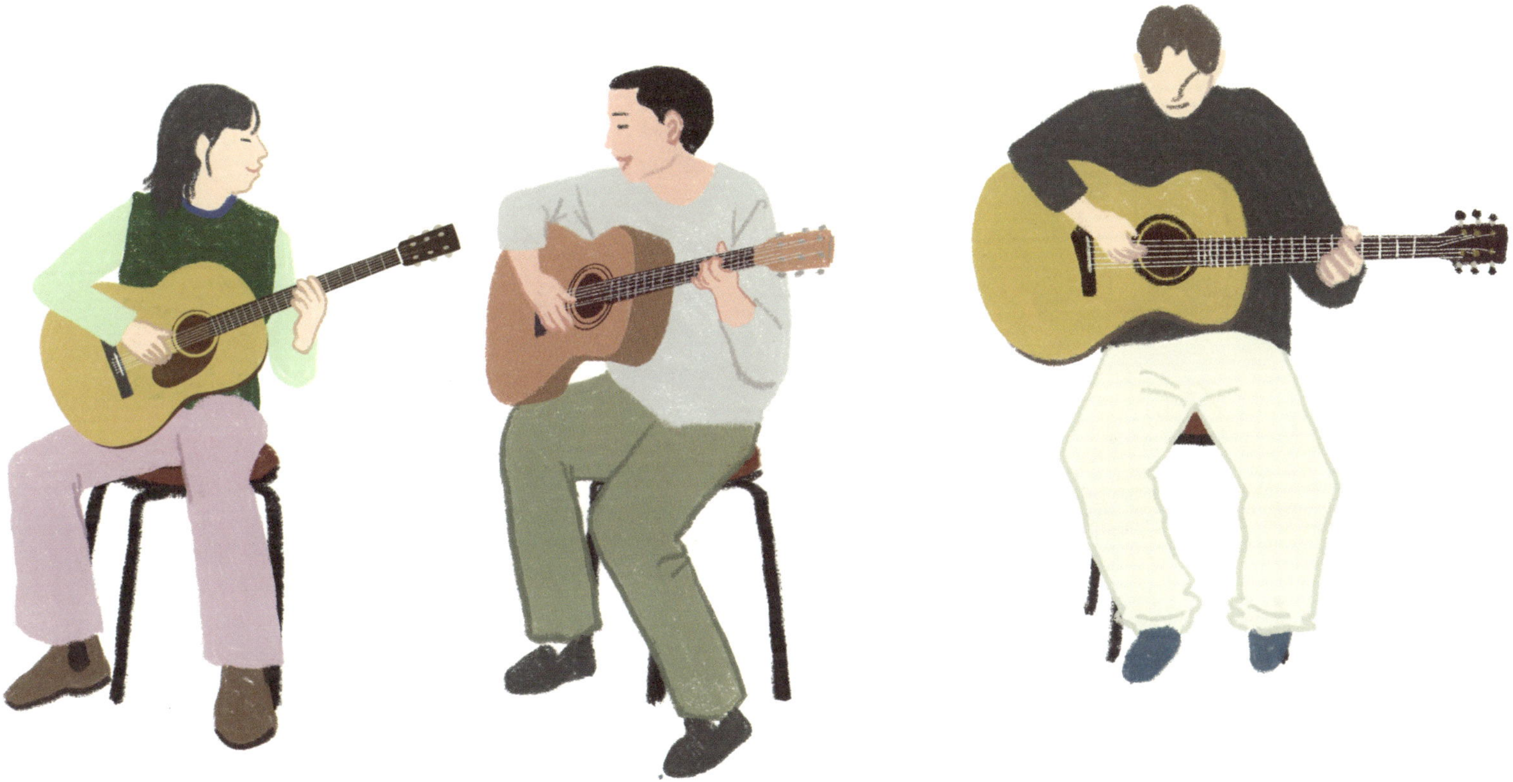

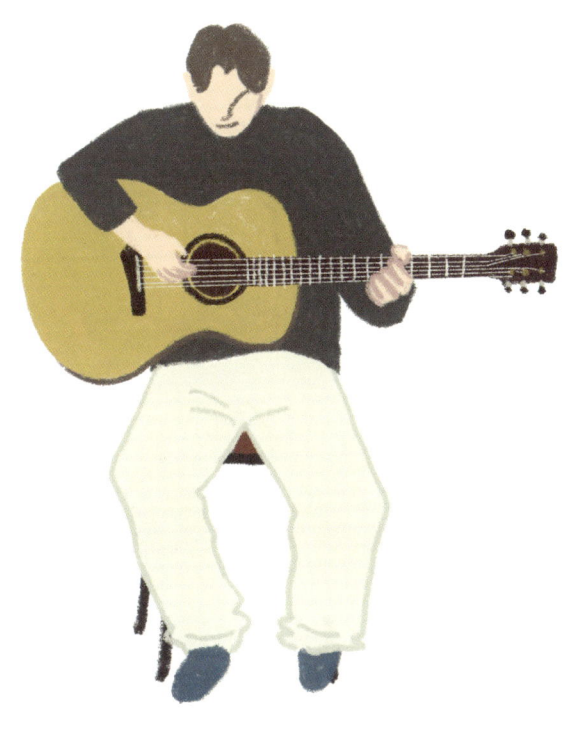

아무런 조건 없이 무한한 사랑을 주는 것들이 있어요.

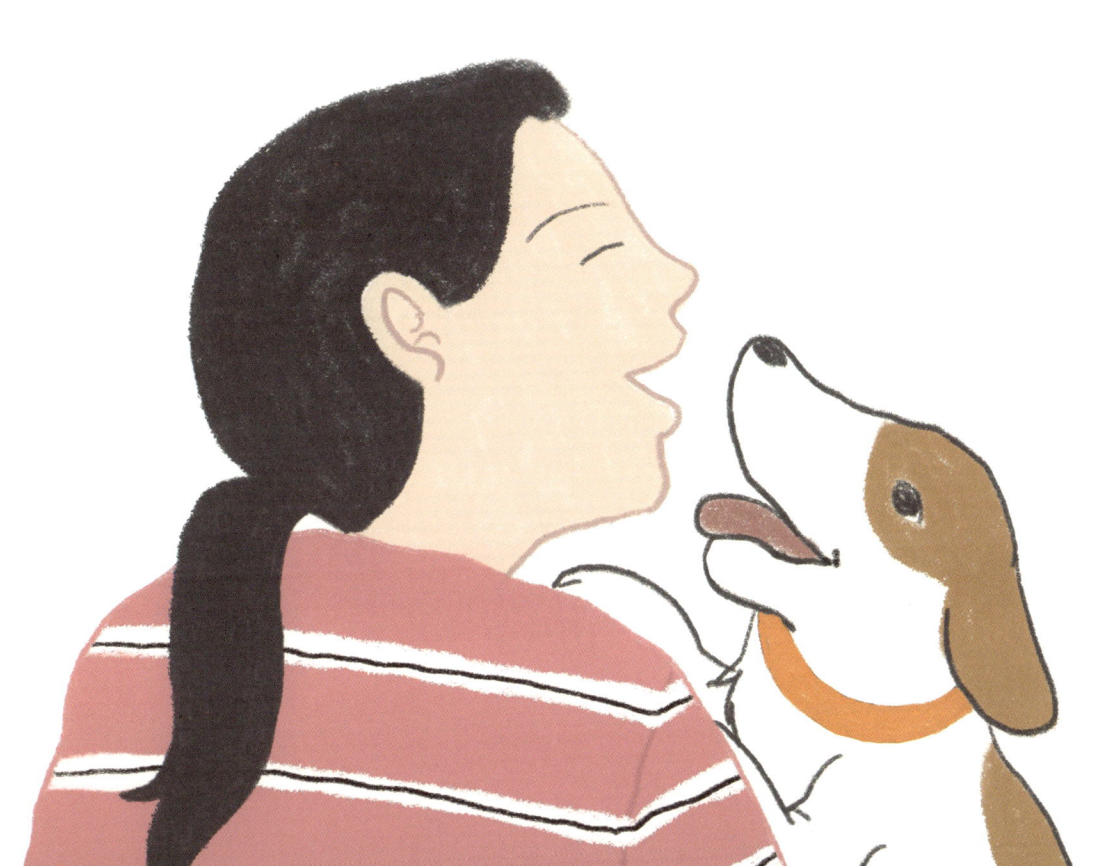

이제 사랑 없이는 살 수 없을 것 같아요.

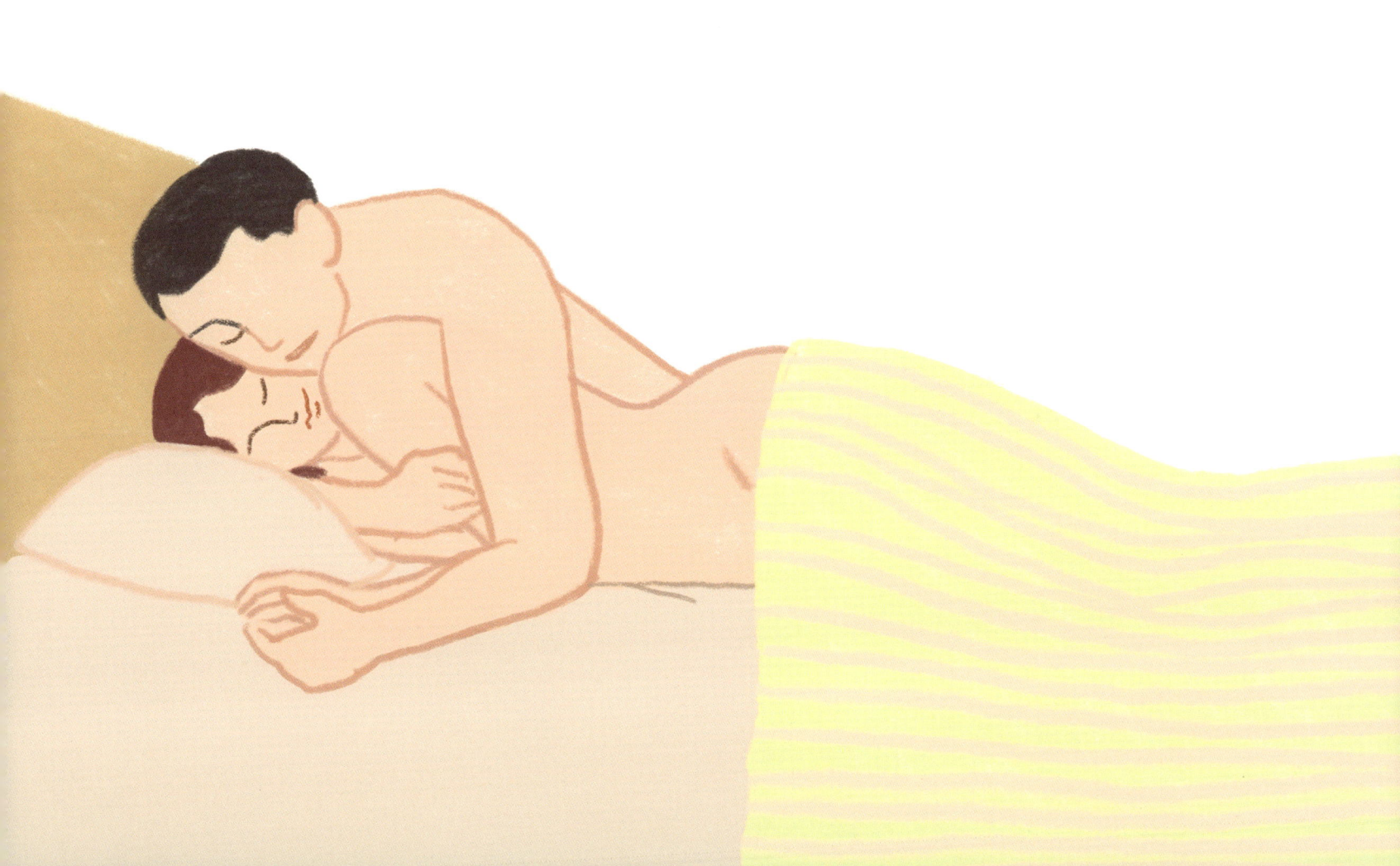

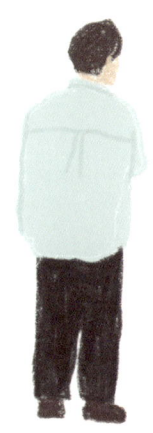
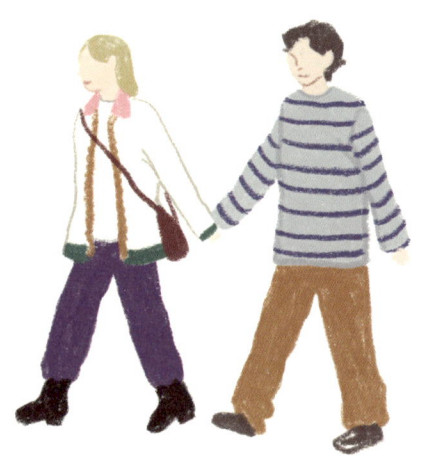
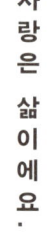

사
랑
은

삶
이
에
요.

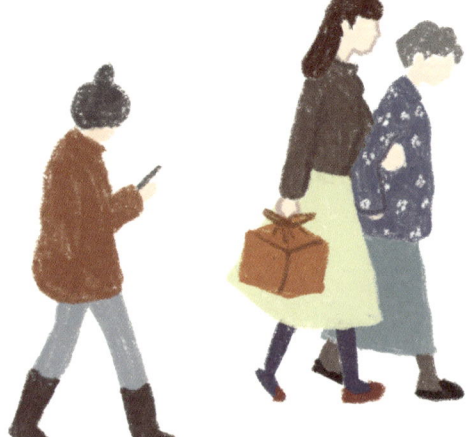
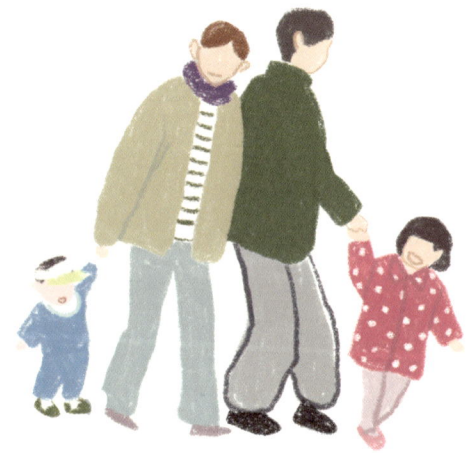
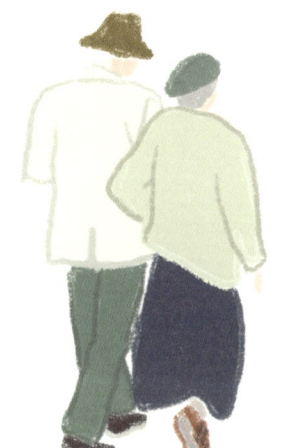
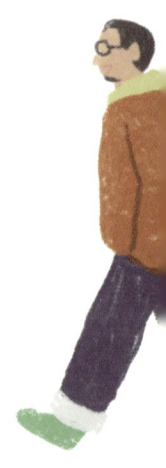

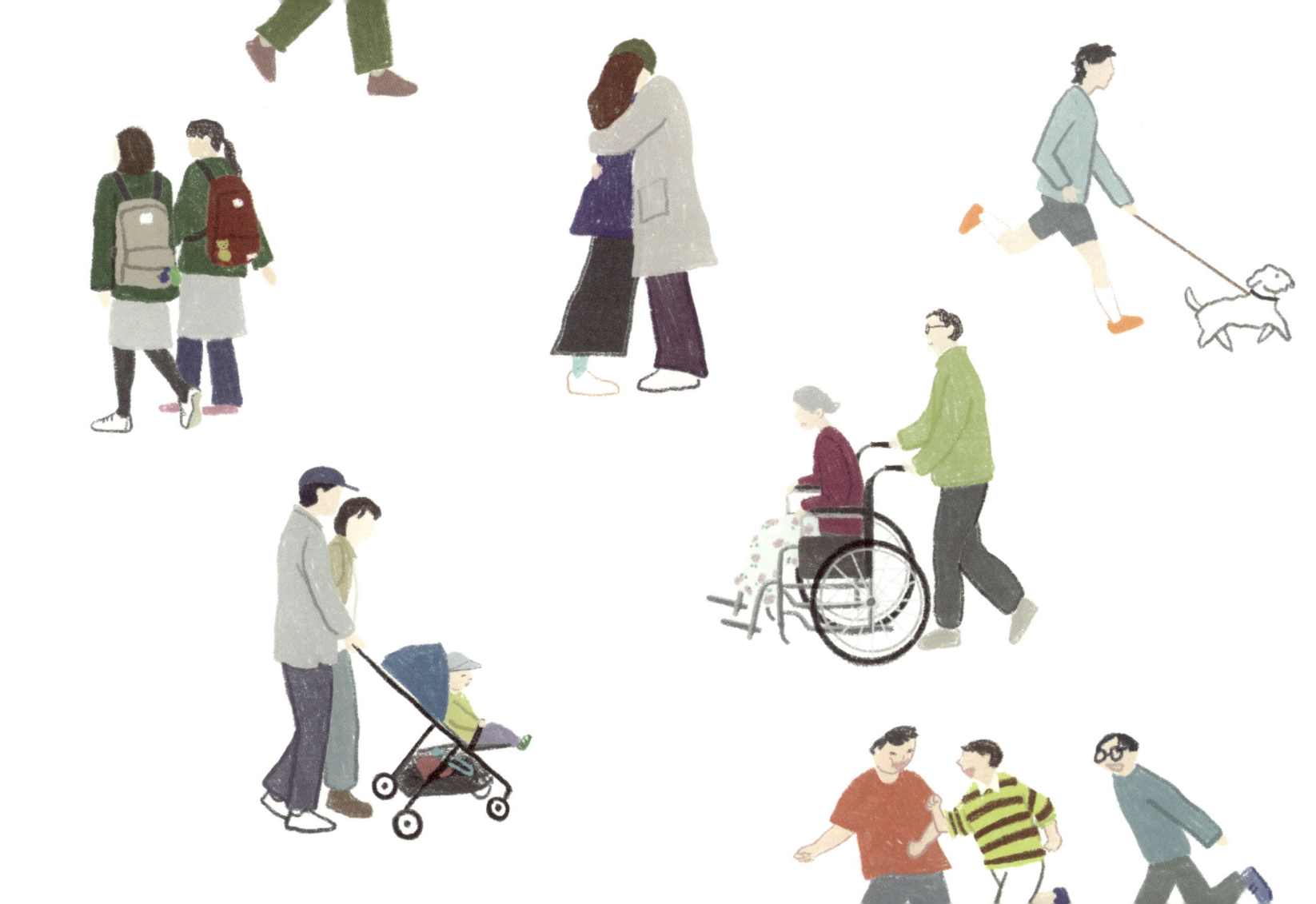

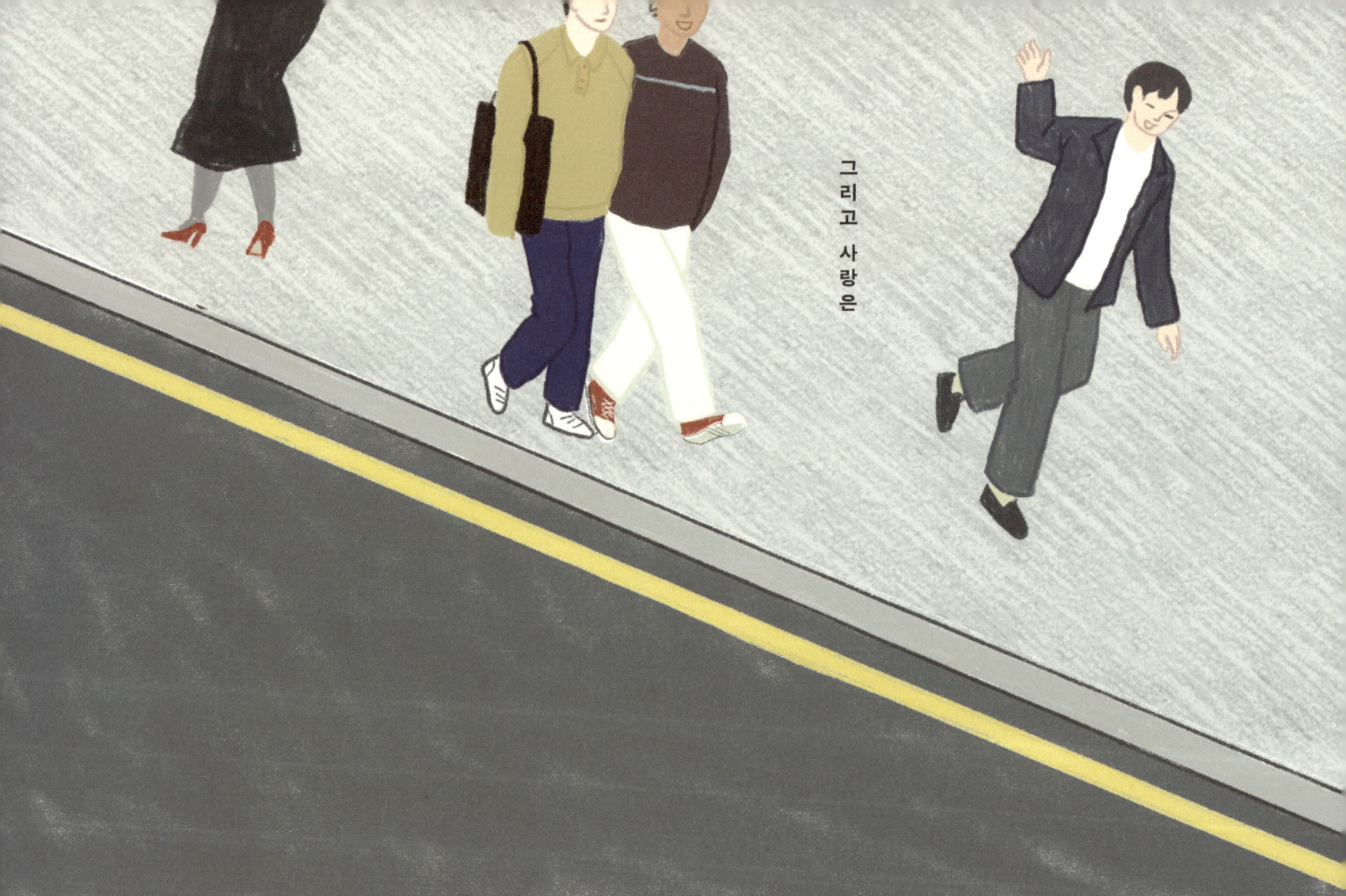
그리고 사랑은

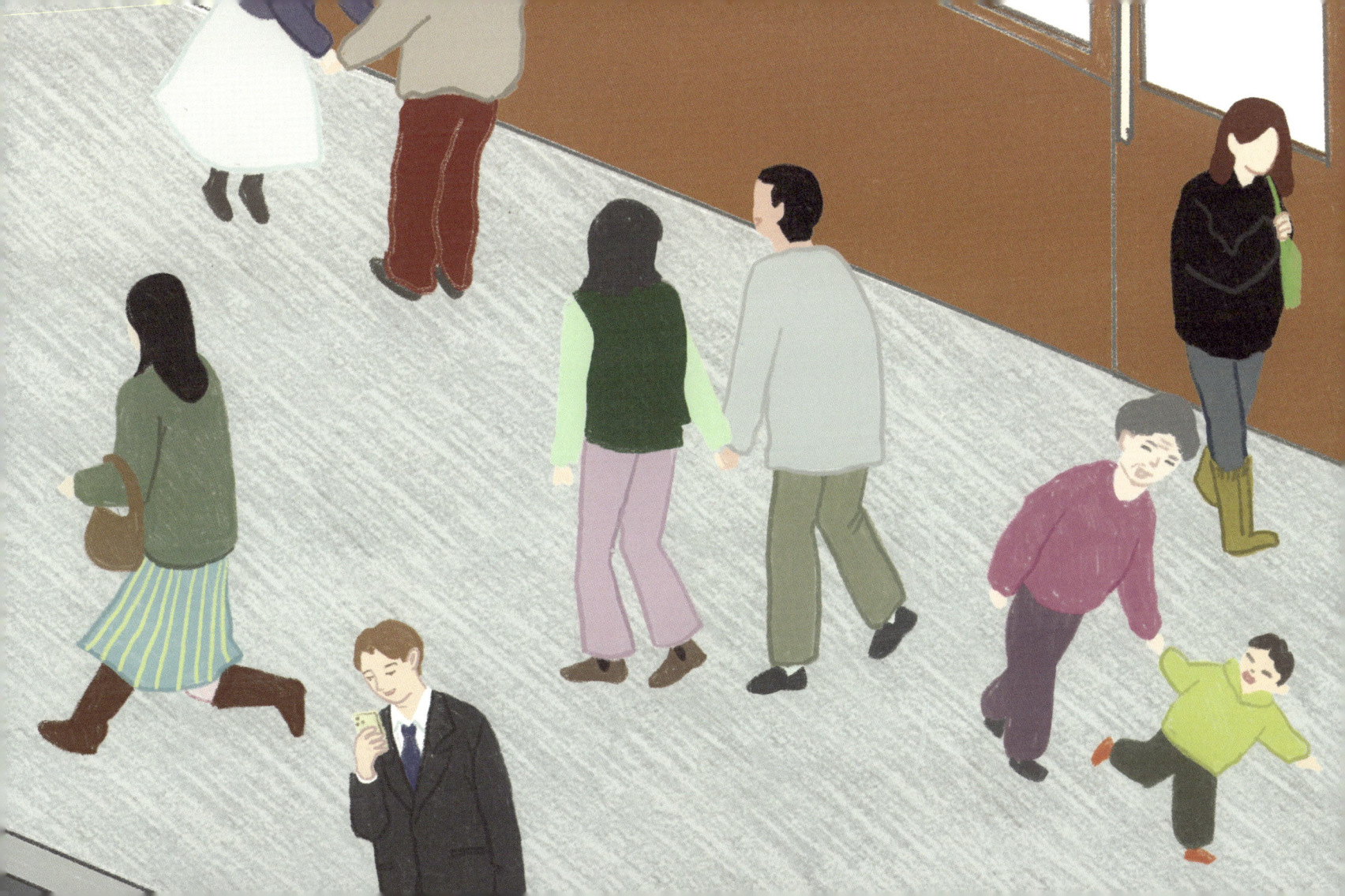

당신이에요.

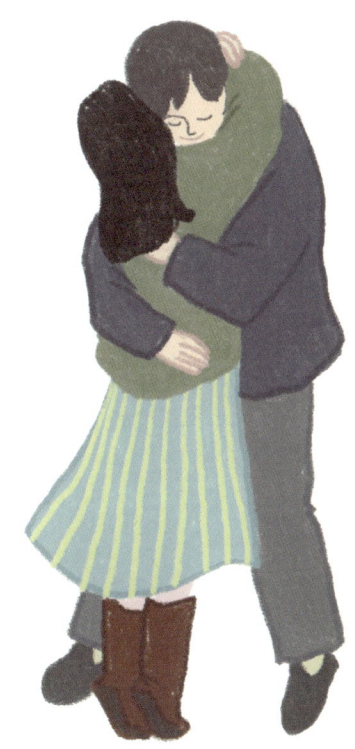

사랑은 당신이에요

초판 1쇄 인쇄 2025년 12월 17일
초판 1쇄 발행 2025년 12월 24일

글·그림 민조킹
펴낸이 최순영

출판1본부장 한수미
라이프 팀장 곽지희
편집 이선희
디자인 이세호

펴낸곳 ㈜위즈덤하우스 **출판등록** 2000년 5월 23일 제13-1071호
주소 서울특별시 마포구 양화로 19 합정오피스빌딩 17층
전화 02) 2179-5600 **홈페이지** www.wisdomhouse.co.kr

ⓒ 민조킹, 2025

ISBN 979-11-7171-554-1 02810

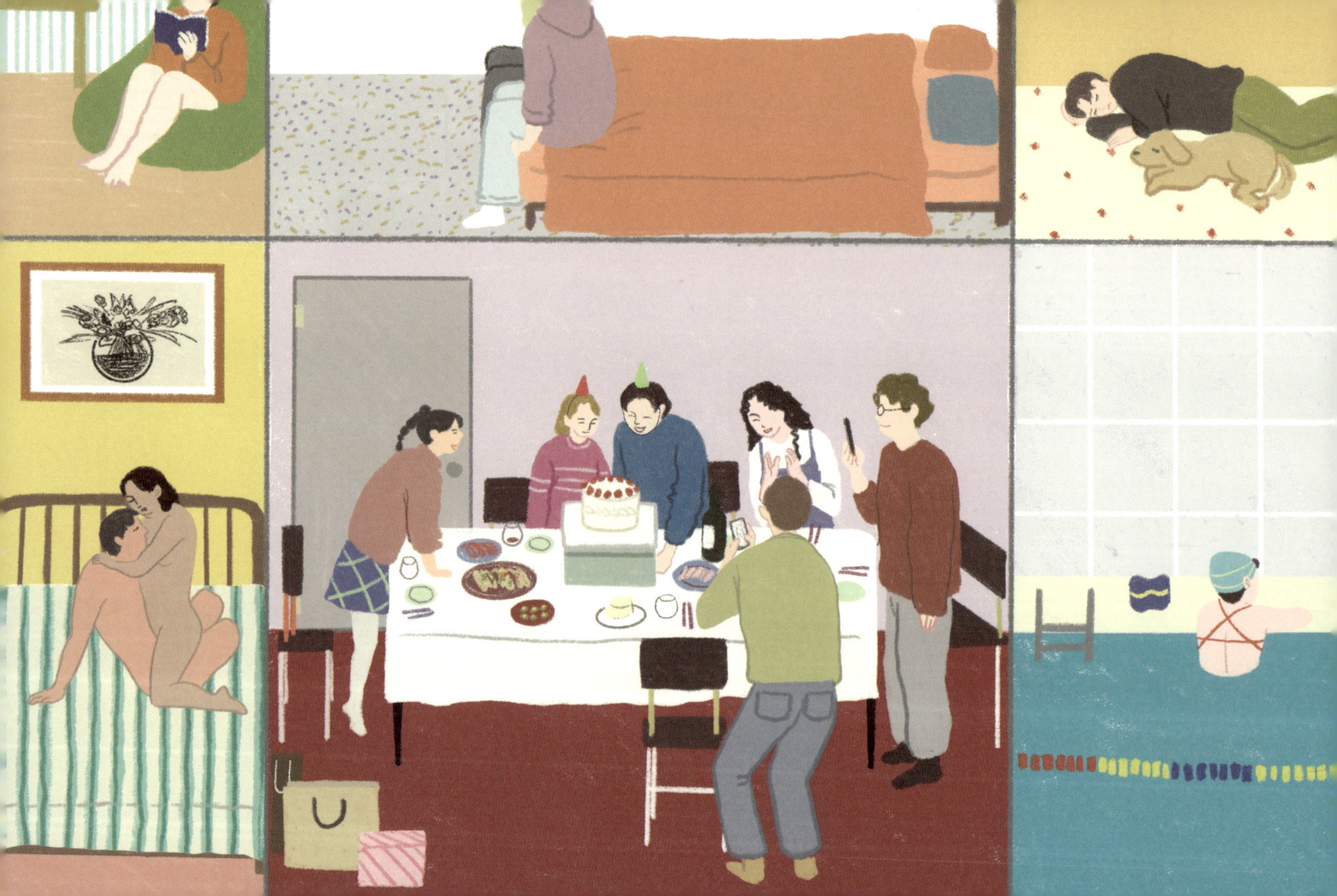